好看的经典丛书

第一辑

兔 子 坡

〔美〕

罗伯特·罗素

著

马爱农

译

人民文学出版社

PEOPLE'S LITERATURE PUBLISHING HOUSE

图书在版编目（CIP）数据

兔子坡 ／（美）罗伯特·罗素著；马爱农译 . —北京：人民
文学出版社，2022
（好看的经典丛书）
ISBN 978-7-02-017504-8

Ⅰ . ①兔⋯　Ⅱ . ①罗⋯　②马⋯　Ⅲ . ①童话—美国—现代
Ⅳ . ① I712.88

中国版本图书馆 CIP 数据核字（2022）第 174500 号

策划编辑　王瑞琴
责任编辑　翟　灿
责任校对　韩志慧
装帧设计　刘　远
责任印制　张　娜

出版发行　人民文学出版社
社　　址　北京市朝内大街166号
邮政编码　100705

印　　刷　三河市延风印装有限公司
经　　销　全国新华书店等

字　　数　61千字
开　　本　880毫米×1230毫米　1/32
印　　张　5.375　插页3
印　　数　1—5000
版　　次　2022年10月北京第1版
印　　次　2022年10月第1次印刷

书　　号　978-7-02-017504-8
定　　价　32.00元

如有印装质量问题，请与本社图书销售中心调换。电话：010-65233595

目　录

第 1 章

新人要来啦

整个兔子坡都沸腾（fèi téng）了。四面八方不断传出叽叽喳喳、交头接耳的声音，以及尖叫声、口哨声，动物们都在议论这件天大的新鲜事。在这些声音中，"新人要来啦"这句话出现了一遍又一遍。

小乔治打着滚儿奔进了兔子洞，气喘吁吁地发布这个消息。"新人要来啦，"他喊道，"新人要来啦，妈妈——爸爸，大房子里要来新人啦！"

兔妈妈正在搅拌一锅清汤寡（guǎ）水，她抬起头来。"是啊，大房子里也该来新人了，早就该来了，我真希望他们是那种会种地的人，而不像上一批人那样什么都不会。这地方已经三年没有一个像样的花园了。储存（chǔ cún）起来过冬的食物总是不够，去年冬天是这些年里最糟糕的。天晓得我们该怎么渡过这个难关，如果新来的人不会种地，我不知道我们还有什么活路。吃的东西越来越少，到处都找不到一片菜叶，除了去马路对面的胖男人家去弄点儿，可是那儿有胖男人和他的看家狗什么的守着呢。而且要去那儿找吃的，每天要穿过黑马路两趟，我真是没辙（zhé）了。我真是没辙了，我真是没辙了——"兔妈妈是个特别爱操心的人。

"好了，亲爱的，"兔爸爸说，"不妨试着

用一种更为乐观的态度看待问题。乔治带来的这个消息，可能预示着一个较为丰饶和富足的时代即将来临。也许，我应该稍事放纵，在周围略作一番闲逛（guàng），给这则令人欣喜的谣传寻找佐证。"兔爸爸是一位南方绅士，说话总是这副腔调。

说完，他就动身穿过荒芜（huāng wú）已久的花园。暮色中，那座大砖房子黑黢（qū）黢、孤零零地耸立着。窗户里没有灯光，也没有人在活动，看上去阴森森的。房顶上的瓦片已经变形、腐烂，百叶窗歪歪斜斜地垂下来。在小路和车道上，微风吹得枯叶擦过地面，发出哗啦啦的响声。正值春回大地、万物复苏的时节，此情此景更令人感到沮丧（jǔ sàng）。

兔爸爸惆怅（chóu chàng）地想起，曾经有一个时候，兔子坡的状况与现在完全不同。那时的草坪翠绿欲滴，像铺着厚厚的地毯。田野里长着茂密的苜蓿，菜园子的蔬菜十分富足。他和兔妈妈，以及家里数不清的兔宝宝生活得无忧无虑，其他所有的小动物也都过得快乐开心。

那些日子，大房子里住的人都很友善，

一些小孩子，傍晚的时候还会一起玩捉迷藏，每当臭鼬妈妈领着严肃地排成一路纵队的小家伙们，煞有介事地穿过草坪时，孩子们就会高兴得尖叫起来。曾经有过一条狗，一条上了年纪的西班牙母猎犬，体形肥胖，总是没完没了地跟土拨鼠们吵架，声音拔得老高，却从没听说她伤害过任何动物。而且，有一次她捡到一只迷路的小狐狸，还把他跟自己的小狗崽放在一起，给他喂奶，抚养他长大。算下来，当时的那只小狐狸应该是狐狐的叔叔，或者是他爸爸？兔爸爸记不清了，那似乎是太久以前的事了。

后来，兔子坡倒霉的日子就开始了。那些善良的人搬走了，搬来的人自私、懒惰（lǎn duò），根本不体谅别人。田地里长满了漆树、月桂和毒藤，草坪都被

野草和杂草覆盖 (fù gài)，菜园子根本就不存在了。去年秋天，就连这些人也搬走了，只留下了空荡荡的房子，和荒凉的黑洞洞的窗户，百叶窗在冬天凛冽的寒风中啪啪地扇动。

兔爸爸从工具棚旁走过，昔日，一袋袋种子和鸡饲料总是让饥肠辘辘的田鼠一饱口福。工具棚已经空了许多年，在这几个艰苦的严冬，里面的每一粒粮食都被搜刮殆尽。动物们都不再往这儿来了。

土拨鼠肥仔在草坡上，正饥饿地在斑斑驳驳的杂草间找食吃。他的皮毛像是被虫子蛀了，身体十分消瘦——跟去年秋天那个胖乎乎、走路摇摇摆摆的肥仔完全不一样，当时他费了半天劲儿才能挤进他的地洞里去冬眠。现在，他正在努力把损失的时间补回来。

他每吃一口，都会抬起脑袋，左右张望一下，嘴里嘟嘟囔囔，然后再猛地叼起一口。因此他的嘟囔听起来断断续续。"看看这片草坡，"他愤愤不平地抱怨，"看看吧——啊呜，啊呜——里面一片苜蓿的叶子都没有，只有马唐草和卷耳草——啊呜，啊呜——确实应该来新人了——啊呜，啊呜——早该来了——"他停下来，坐直身子，兔爸爸礼貌地跟他打招呼。

"晚上好，肥仔，晚上好。再次相见，不胜欣喜。我相信你已安然度过一个舒适的冬季，在这个令人愉悦的初春傍晚身体健硕。"

"说不好，"肥仔嘟囔着说，"健康可能没啥问题，但是我瘦了好多，天晓得，光吃这些劳什子，怎么可能长膘（biāo）呢？"他厌恶地朝杂草丛生的田地和斑驳（bān bó）的草坡挥了挥爪子。"上一批人都是些懒鬼，没错，懒鬼。整天什么事也不做，什么东西也不种，什么心也不操，就由着一切衰败（shuāi bài）下去。幸亏他们走了，总算摆脱了，要我说，确实该来新人了，确实该来了！"

"这正是我希望跟你商讨的话题。"兔爸爸说，"我获悉一些传闻，涉及可能会有新人到来，不知你是否得知有关此事的任何确定的事实。有无明确的证据证明我们这里将出现令人欣喜的新邻居，抑或这些只是道听途说？"

"道听途说，道听途说？"肥仔有点不能确定地说。他挠挠耳朵，若有所思地吐了口唾沫。"好吧，我告诉你吧。我听说两三天前，那个搞房地产的家伙带两个人去了大房子，里里外外转了个遍。我听说那个木匠，名叫比尔·希基的，昨天上这儿来了，对着房顶、工具棚和鸡窝指指点点，还在一张纸上算来算去。我听说那个瓦匠，名叫路易·柯斯道克的，今天上这儿来了，在那些石墙和坍塌的台阶那儿又踢又踹，探头探脑，也在计算着什么。我还听说了一件很重要的事，"他猛地凑过来，爪子重重砸向地面，"真的非常重要。我听说蒂姆·麦格拉斯——你知道，就是住在岔路口那座小木屋、整天耕地种田的家伙——我听说他今天下午过来了，仔仔细细地看了这里的旧菜园、草坪和北牧场，也在不停地算呀算的。怎么样，你对此有何高见？"

"我认为，"兔爸爸说，"这些听起来都令人十分欣喜。新人即将来到似乎毫无疑问，而且似乎所有的迹象都表明他们是耕种人家。周围有了擅长干农活的人，我们就能有好光景了。一大片诱人的六月禾田野——"兔爸爸许多年前从肯塔基州过来，他三句话离不开六月禾田野，已经有点儿令人生厌了。

"六月禾在这儿长不好，"肥仔打断了他的话，"不会长得像在肯塔基州那么好。至于我嘛，只要有一片像样的苜蓿和梯牧草，我就很满足了。梯牧草、苜蓿，或者再加上几种体面的草坪植物——还有一个菜园子。"想起菜园子，他的眼睛湿润了，"一些甜菜缨子，也许还有一些豌豆，再来点马鞭草就更完美了——"他突然又开始疯狂地扒挠那些稀稀拉拉的杂草。

兔爸爸继续漫步，心情比刚才愉快多了。毕竟，这几年的日子过得太艰难了。他们的许多朋友都离开了兔子坡，结了婚的孩子们也都找了别的住处。兔妈妈看上去真的瘦弱憔悴（qiáo cuì），而且似乎越来越焦虑了。大房子里住进了新人，说不定能把过去的好日子带回来——

"晚上好，先生，祝你好运。"灰狐狸很有礼貌地说，"我听说，要来新人了。"

"祝你夜晚愉快安宁，先生。"兔爸爸回

答道，"似乎所有的迹象都表明了这件令人快慰的事情。"

"我得感谢你啊，"狐狸继续说，"昨天早晨把那些狗从我身后引开。当时我状态不好，没力气跟他们周旋。你知道，我去了趟韦斯顿，大老远地带回来一只母鸡——最近这周围很难捞到什么吃的。来回整整八英里哪，而且她是个很难对付的老姑娘，身子死沉死沉的。那些狗朝我扑来时，我全身一点劲儿都没有了。你对付他们的手段非常高明，真的，我对你不胜感激。"

"哪里哪里，我的孩子。区区小事，何足挂齿。"兔爸爸说，"我一向酷(kù)爱追逐猎狗。你知道，我是有童子功的。啊，当年在六月禾之乡——"

"是啊，我知道。"狐狸赶紧说道，"你是

怎么对付那些狗的？"

"哦，带他们到河谷里遛（liù）了遛，穿过几片石楠地，最后把他们弄到了吉姆·科莱的电围栏那儿。没脑子的畜生。对付他们实在没什么可夸耀（kuā yào）的，级别太低。当年在六月禾之乡，那些猎狗可都是纯种的。啊，我还记得——"

"是啊，我知道。"狐狸说着，就钻进灌木丛不见了，"不过还是谢谢你啊。"

灰松鼠正在地里刨来刨去，神情十分绝望。他总是记不清楚自己把坚果埋在了哪里，而且去年秋天可埋的坚果少得可怜。

"晚上好，先生，祝你好运。"兔爸爸说，"不过，似乎你最迫切需要的就是好运。"他看着松鼠刨来刨去没有结果，不禁笑了，"老伙计，请恕我直言，你的记性可是大不如以前啦。"

"总是想不起来，"松鼠叹着气说，"总是想不起来把东西放在哪儿了。"他停下来休息，眺望（tiào wàng）着远处的河谷，"别的事情我倒能记得，还记得很清楚。你还记得当年吗？咱这坡上光景很好，有好人家住在这儿的时候？还记得每年圣诞节快到时，那些小家伙们给我们布置的圣诞树吗？就是那棵云杉树，只是当年要小一些。上面挂着小彩灯，还有给你们的胡萝卜、卷心菜叶和芹菜，给鸟儿们的种子和牛油

（我自己也经常弄点儿尝尝），给我们的坚果，各种各样的坚果——全都漂漂亮亮地挂在树枝上，记得吗？”

"当然记得，"兔爸爸说，"我相信，那段岁月深深地留在了我们大家的记忆里。但愿我们所期待的这些新人的到来，能在某种程度上带来旧日好时光的回归。"

"新人要来啦？"松鼠很快地问道。

"有这样的传言，而且最近的动态似乎也印证了这种可能。"

"太好了。"松鼠说着，又开始寻找他的坚果，"我没听说——最近我只顾到处乱找。我的记性真是糟糕（zāo gāo）得一塌糊涂了——"

田鼠威利一路奔到鼹鼠坎的尽头，用尖厉的嗓音嚷嚷起来，"鼹

鼠，"他喊道，"鼹鼠，快上来。有新闻，鼹鼠，有新闻！"

鼹鼠把脑袋和肩膀从泥土里探出来，把长着一只瞎眼的脸转向威利，尖尖的鼻子不住地抖动着。"哟，威利，哟，"他说，"什么事这么激动？你说的新闻是什么新闻？"

"特大新闻，"威利气喘吁吁地喊道，"哦，鼹鼠，爆炸性新闻！每个人都在议论这件事儿。新人要来啦，鼹鼠，新人要来啦！大房子里，要来新人……大家都说他们是会种地的人，鼹鼠，说不定工具棚里又会有种子啦，除了种子还有鸡饲料。鸡饲料会从缝隙漏下来，够我们吃一个冬天的，简直就像夏天一样。而且地窖里会有暖气，我们可以贴着墙挖地洞，重新享受到温暖和舒适。没准儿他们还会种郁金香呢，还有绵枣儿和雪光花。哦，如果此时此刻有一个美味的、脆生生的郁金香球茎，要我拿什么去换都行！"

"哦，又是那套球茎的老把戏。"鼹鼠轻声笑着说，"我知道，刨土的事儿都归我，你就顺着地洞跟过来，把球茎吃掉。你倒是合适了，我得到了什么？除了责骂没别的，这就是我的报偿。"

"哎呀，鼹鼠，"威利显得非常委屈地说，"哎呀，鼹鼠，你这么说可就不公平了，真的。你知道我们俩的关系有多铁，总是有福同享，有难同当。哎呀，鼹鼠，我感到很意外——"他轻轻吸了吸鼻子。

鼹鼠大笑起来，用长着厚皮的大爪子拍拍威利的后背。"好啦，好啦，"他笑着说，"别老是这么敏感。我只是开个玩笑。哎呀，没有你，我可怎么活呢？怎么知

道周围的情况呢？怎么看得见东西呢？我想看东西的时候是怎么说来着？"

威利擦了擦鼻子，"你说：'威利，做我的眼睛。'"

"没错，我就是这么说的，"鼹鼠热切地说，"我说：'威利，做我的眼睛。'然后你就成了我的眼睛。你告诉我东西是什么形状的，有多大，是什么颜色的。你说得别提多好了。谁都不如你说得好。"

威利委屈的神情一扫而光，"我还告诉你哪儿放了鼹鼠夹，是不是，哪儿放了毒药（dú yào），还告诉你他们什么时候要推平草坪，是不是？不过这片草坪已经很长时间没有人来推平了。"

"是啊，你确实帮了我。"鼹鼠大笑着说，"确实帮了我。现在擤擤鼻子，快跑吧。我还要给自己寻摸午饭呢，最近这附近的小虫子太少了。"他又缩回了地洞里，威利注视着土垄在草坪上慢慢向前延伸，最后，那头的泥土随着鼹鼠的挖掘而颤动（chàn dòng）起伏。威利跑过去，敲了敲地面。"鼹鼠，"他喊道，"他们来了，我就做你的眼睛。我会详详细细地告诉你。"

"你肯定会的,"鼹鼠的声音被泥土弄得有点发闷,"你当然会的——到时候有郁金香我也不会感到意外。"

臭鼬唷喂直立在松树林的边缘(yuán),看着下面的大房子。一阵轻微的沙沙声,接着红公鹿在他身边出现了。"晚上好,先生,祝你好运。"唷喂说,"新人要来啦。"

"这我知道,"公鹿说,"我知道,确实该来新人了,说实在的,我自己倒不是特别在乎。我到处游荡。但是对一些小家伙来说,这山上的光景实在是太凄惨了,太凄惨了。"

"是啊,你到处游荡,"唷喂说,"但你肯定愿意时常吃到菜园子里的蔬菜,是不是?"

"没错,是的,如果就在手边的话。"公

鹿承认道。他轻轻嗅了嗅，"我说，唷喂，劳驾，你能稍微挪动一点吗，往背风的地方站站？好，这就行了。非常感谢。就像我刚才说的，我确实愿意偶尔吃到一些绿色蔬菜，比如一排莴苣（wō jù），或者几颗嫩嫩的卷心菜，要很嫩的——老的让我消化不良——当然啦，我真心渴望的还是番茄——多多的番茄。有了一个成熟的、鲜嫩多汁的番茄，那简直——"

"你留着吧，"唷喂打断了他的话，"就我个人来说，我不在乎他们是不是爱种地的人，当然啦，为你们其他人考虑就另当别论了。在我的生活里，菜园子没什么用。我心心念念盼望的是他们的垃圾。"

"你的品位真够低的，唷喂。"公鹿说，"嗯——话说，风向好像改变了——劳您大驾？好，这就行了，谢谢。我刚才说到——"

"什么品位低不低的，"唷喂愤愤不平地回答，"你根本不懂垃圾。垃圾跟垃圾不同，就像人跟人截然（jié rán）不同一样。有些人的垃圾简直不配——哼，简直不配被称作垃圾。可是还有一些垃圾，啊，没有什么比它们更美妙的了。"

"有啊，"公鹿一口咬定，"比这美妙多了。换个话题，我顺便说一句，狐狐一心指望会有鸡，甚至有鸭也说不定。你应该也会感兴趣。"

"鸡倒是不错——小鸡仔，"唷喂承认道，"鸭子也不错。可是再回头来说垃圾——"

"哦，哎呀，"公鹿叫苦不迭，"风向又变了。"说完他就钻回林子里去了。

寒冷的地面上还留着一些霜花，而在地底深处，地蚕老爷爷打开他脏兮兮、灰乎乎的身体，伸展伸展僵硬（jiāng yìng）的关节。他的声音低弱沙哑，但足以把他的成千上万个子子孙孙都从冬眠中唤醒。

"新人要来啦，"他嘶哑着嗓子说，"新人要来啦。"这声音在懒洋洋的地蚕们中间传播开去。慢慢地，一丝颤抖掠过他们丑陋的全身，慢慢地，他们展开身体，开始在黏糊糊的泥土里往上爬。他们要爬好久，赶在植物的新芽萌出时，在地面做好准备。

消息传遍了整个山坡。灌木丛里，高高的杂草丛中，不断出现动静，传来沙沙的声音，小动物们奔走相告，对这件大事议论纷纷，做出各种推测。松鼠和金花鼠脚不沾地在石

墙上奔过，大声叫嚷着这个新闻。在黑乎乎的松树林里，猫头鹰、乌鸦和蓝鸦为此大声地争吵。在下面的地洞里，不断有客人来串门，在这一切喧扰之上，反复回荡着一句话：新人要来啦。

第 2 章

兔妈妈爱操心

在兔子洞里，兔妈妈比往常更忧虑（yōu
lù）了。任何事情，不管是好是坏，只要干扰
了兔妈妈平静的生活秩序，都会让她感到一
阵莫名的焦虑，不用说，目前这件传得沸沸
扬扬的大事，更是让她心神不宁了。新人到
来可能伴随的每一种危险和不快，她已经统
统想了个遍，现在正在无中生有地设想各种
新的、根本没影儿的可能性。她想到
的可能性包括狗、猫、雪貂，包括猎

枪、步枪，包括机关、陷阱，还包括毒药和毒气。
说不定还会有男孩子呢！

她把最近流传的那个可怕谣言又说了一
遍，说的是一个男人把一根管子接在汽车的
排气管上，另一头插进了兔子洞。据说好几
个兔子家庭在这起残暴的行径中丧生。

"好了，孩子妈，好了，"兔爸爸安慰她道，
"我已经跟你说过好几遍了，他们的过早殒命
完全是由于自己的疏忽大意，他们竟然让自
家的紧急出口被食物堵塞。尽管为了抵御严
冬、对食物精打细算是一种十分值得称道的做
法，但是把紧急出口当成地窖（jiào）或储藏柜，
就是愚蠢（yú chǔn）透顶了。

"祸福相倚啊，"兔爸爸看着自己家光秃
秃的架子和空荡荡的食品柜，继续说道，"最
近几年比较困难的生活状况，使得我们的冬

季食物储藏较少，所以我们的出口始终维护良好，没有任何障碍，不过我必须坦白地说，你偶尔把扫帚、拖把和水桶，以及诸如此类可有可无的日常用具，胡乱地扔在通道里，也是危险的。就在最近，我还在那儿绊了一跤，摔得挺疼。"

兔妈妈立刻把水桶和扫帚拿开了，心里也宽慰（kuān wèi）了不少，但每次随着东风刮过，飘来一辆过路汽车的尾气味儿，她还是会吓得脸色煞白。

她还想到了这样一种可能性：新来的人会在兔子洞所在的灌木丛里开荒耕地。对此，兔爸爸承认有这种可能，但可能性并不大。"万一发生这样的事，"他说，"充其量只需改换我们的居住地。我们地洞目前的位置，虽然住了这么长时间有了感情，但是在每年的某些季节湿气太大，甚至还会返潮（fǎn cháo）。我最近感到有轻微的痛风（一种家族遗传病）趋势，若能搬到一个地势较高的地方，或许倒能大大地受益呢。我早就看中了松树林附近的一个地方，如果新来的人真有这样的破坏性行为，逼迫我们更换居所的话，我相信倒也不见得是坏事。"

兔妈妈想到要离开亲爱的老窝，伤心地哭

了起来，兔爸爸赶紧转变话题，说起了猫和狗。

"至于猫嘛，"他说，"其实这件事完全取决于父母的管教。你也明白，对小孩子应该只闻其声，不见其影。如果在他们能好好照顾自己之前让他们待在家里，如果教他们懂得时刻保持敏锐和警惕，那么，来自猫的危险基本上可以忽略不计。猫在速度耐力方面乏善可陈，其唯一的武器就是突然袭击，请原谅我大言不惭，我一直在教育我们所有的孩子避免在任何时候遭受突然袭击，我相信很成功。

"说来遗憾（yí hàn），有几个孙儿被过分纵容，得到了我那个时代所没有的自由。父母的这种放纵，其结果立竿见影，而且通常是极为致命的。我希望，我的儿子，"他说着，严厉地瞪了一眼小乔治，"我希望，我们的孙儿米妮、亚瑟、威尔弗莱德、莎拉、康斯坦斯、莎来普塔、霍佳思和克莱伦斯因猫而丧生的教训，你能够认真汲取，决不能掉以轻心。"

小乔治保证说自己不会粗心大意。提到那些不幸夭折的孩子，兔妈妈又哭了起来，于是兔爸爸继续往下说。（他总是说个不停，除非有什么事打断他。）

"就我来说，狗在我们这片地方应该是很受欢迎的。十字路口胖男人养的那些土笨狗，

根本不配得到一位绅士的注意。说起来真令人怀念，我当年也偶尔追逐过两条血统高贵的猎狗。啊，在我生长的那个六月禾之乡——"

"是的，我知道，"兔妈妈插嘴道，"我知道六月禾之乡，说说波基吧。他可是你关系最近的朋友之一——"

"波基确实是个麻烦，"兔爸爸承认道，"竟然蠢到把住址选在了大房子的阴影里，实在极不明智，我已经三番五次跟他提过这点。当然啦，以前的住户倒是没构成什么妨碍。波基可以随心所欲地住在他们的门廊上。可是如果有狗到来，波基目前的处境就极其危险了。万一新来的那户人家里有狗，我将不得不跟波基重提这个话题，并且态度要十分坚决。"

可是兔妈妈满心都是忧虑，不愿意转移话题。"马上就是春季大扫

31

除了，"她烦恼地说，"我本来打算这个周末就搞的，现在发生了这么多事，大家不停地跑来跑去，好像根本没有时间打扫卫生。还有安纳达舅舅的事，他上了年纪，还住在那么远的丹伯里，米尔德嫁人，家里只留下他一个人。如今他的窝成了什么样子，我简直没法想象。咱们家食物也紧张，我本来打算请他来过夏天的。如今要来新人了，没准儿还有狗，还

有机关、陷阱和弹簧枪，可能还有毒药，我真不知道——我真不知道——"

"说实在的，"兔爸爸说，"我认为，请你的安纳达舅舅过来，没有比现在更合适的时间了，原因有以下几点。其一，正如你指出的，自从米尔德离开后，安纳达舅舅十分孤独，换换环境无疑会对他大有好处。其二，我知道，丹伯里食物短缺的情况比我们更严重，因此，如果新来的人是喜欢种地的——我们有充分的理由这么期待，那么他的伙食水平将有极大的改观。简而言之，他会吃得很好。其三，安纳达舅舅是家族里现存的最年迈的成员，对于人类及其生活方式积累了多年的经验。万一新来的人属于不好对付的那类——对此我深表怀疑，但把各种可能性都考虑到总是没错的——安纳达舅舅关于应对可能出现的问题的意见和忠告，就会显得很有价值了。

"因此，我建议立刻派人去把安纳达舅舅接来。我倒是愿意亲自跑一趟，无奈在接下来的几天里，有一大堆紧急的事务需要我去解决。是的，这个任务只能落到小乔治身上了。"

小乔治的心充满期待地欢跳起来，但他还是一声不响地躺着，听妈妈表达新一轮的担忧，听爸爸竭力缓解（huǎn jiě）妈妈的忧虑。不管怎么说，他确实已经是大小伙子了，跑起来的速度跟爸爸一样快，大多数的本领也都掌握了。在最近几个月，去十字路口胖男人那儿买东西的活儿他全包了，他不费吹灰之力就躲开了狗，每天两次穿过黑马路，毫发无损。他知道去安纳达舅爷爷家的路——

去年秋天他们都去参加了米尔德的婚礼。他凭什么不能去呢？当然啦，错过兔子坡正在发生的事情有点可惜，可是去丹伯里的远行着实令人兴奋，而且他只去两天。这么短时间，不会发生多少事的。

他渐渐进入梦乡时，还听见妈妈仍在担忧，爸爸仍在不停地说啊——说啊——

第 3 章

小·乔治唱了一首歌

　　天刚蒙蒙亮，小乔治就上路了。妈妈虽然忧心忡（chōng）忡，还是给他准备了一份简单但营养丰富的午餐。这份午餐和一封写给安纳达舅爷爷的信一起，放在一个小背包里，挂在小乔治的肩上。爸爸陪他一直走到双子桥。他们脚步轻快地走下兔子坡。整个山谷都笼罩在迷迷蒙蒙的浓雾里，一个个圆形的树梢像在雾中漂浮的小岛。从老果园那儿，传来婉转悠扬的鸟鸣，那是鸟儿在迎接新的一天来临。鸟妈妈们一边清理打扫鸟窝，一边发出啾啾的叫声和嗔怪（chēn guài）的责骂声。在最高的树梢上，鸟爸爸们扯开尖厉的嗓门，大声鸣叫，互相嘲笑。

房子里的人还在沉睡，就连十字路口胖男人养的那些狗也无声无息，可是小动物们都起来活动了。他们碰到了夜里去韦斯顿打野食的灰狐狸。灰狐狸看上去脚很疼，睡眼惺忪（xīng sōng）的，脖颈上还粘着几根鸡毛。在黑马路上，红公鹿优雅地小跑过来，祝他们早安、好运，可是兔爸爸破天荒第一次没有长篇大论地跟人聊天。他是在干正事，在这个地区，没有哪只兔子比兔爸爸更明白轻重缓急了。

"好了，儿子，"他语气坚决地说，"你妈妈情绪非常焦虑，你可不能冒

一些无谓的风险或者草率（cǎo shuài）行事，增加她的担忧。不要在路上闲逛，不要做蠢事。靠近路边走，不要走在路中间。过桥和过马路时千万当心。过桥的时候你怎么做？"

"好好地藏起来，"乔治回答，"观望一段时间。仔细看看周围是不是有狗。看看马路两边有没有汽车开过。确定万无一失后，撒腿从桥上跑过——速度要快。然后再藏起来，打量周围，确保没有被人看见，接着继续往前走。过马路的时候也是这样。"

"不错。"兔爸爸说，"现在把狗名单背诵一遍。"

小乔治闭上眼睛，老老实实地背诵道："十字路口胖男人家有两条混种狗；古德山路有条达尔马西亚狗；长山坡上那座房子有柯利牧羊犬，叫声大，没底气；诺菲尔德教堂拐角处有警犬，脑子笨，嗅觉差；高垄地上的红色农舍有斗牛犬和塞特种猎犬，都很胖，不用理会；带大谷仓的农舍有老猎犬，非常危险……"小乔治一直背诵下去。从这里一直到丹伯里，沿途经过的那些狗一条不落。他背得一点错也没有，看到兔爸爸满意地点点头，他感到很骄傲。

"非常好。"兔爸爸说，"那么，你还记得怎么急停和弓背吗？"

小乔治又闭上眼睛，一口气说道："猛然右拐，往左弓背；往左弓背，猛然右拐；突然止步，后空翻；右跳，左跳，假装绊倒，一头钻进荆棘丛。"

"精彩。"兔爸爸说，"现在仔细听好。要迅速对狗做出判断。不要在慢性子的狗身上浪费体力，你要留着体力以后用。如果对方是个进攻快手，你就急停、弓背，保持不动。顺便说一句，你的保持不动做得还很糟糕。左耳朵容易抽动，这点你必须格外留意。高垄地是一片很开阔的旷野，注意走在石墙的阴影里，当心那些土堆。波基在那一带有不少亲戚，如果你遭遇困境，他们都会愿意收留你的。只需告诉他们你是谁，另外别忘了谢谢人家。一场追逐之后，要躲起来，休息至少十分钟。如果你需要拼命地跑，要把背包的带子系紧，把耳朵往后放倒，把肚皮贴着地面，然后使劲地跑！

"好了，现在你往前走吧，千万记住——别做蠢事。希望最晚明天晚上见到你和安纳达舅爷爷。"

小乔治以完美的方式走过双子桥，兔爸爸赞许地朝他挥挥手，他也朝爸爸挥手告别，然后独自往前走去。

穿过古德山路时，周围雾气弥漫（mímàn），一片灰蒙蒙的，那条达尔马西亚狗还在睡觉。公路上的柯利牧羊犬似乎也没有醒，因为小乔治悄悄走上长山坡时，四下里静悄悄的。靠近诺菲尔德教堂拐角那儿时，人们开始起床活动了。厨房的烟囱里冒出一缕（lǚ）缕细细的青烟，空气里飘来煎咸肉的诱（yòu）人香味。

不出所料，那条警犬朝他冲了过来，但是他没有在这上面浪费多少时间。他大步地往前跳，时不时挑逗地放慢速度，最后，快要靠近一棵倒在地上、被荆棘丛（jīng jí cóng）

掩埋的苹果树了，他突然停住脚步，往右一跳，保持一动不动。那条咆哮的恶狗从他身旁跑过，一头扎进了纠结盘绕 (jiū jié pán rào) 的荆棘丛。小乔治镇定自若地往高垄地上走，恶狗的一声声痛苦吼叫，在他听来仿佛美妙的音乐。真希望兔爸爸刚才也在，亲眼看见他的技艺多么高超，并且注意到他在保持一动不动时，左耳朵一次都没有抽动。

到了高垄地上，太阳已经升得很高了。在红农舍的门廊上，胖乎乎的斗牛犬和塞特种猎犬正沐浴着温暖的阳光，睡得鼾声如雷。换了别的时候，小乔治肯定会忍不住把他们吵醒，欣赏他们呆头呆脑想要追跑的样子，可是想到兔爸爸的叮嘱，他还是乖乖地走自己的路了。

高垄地是一道长长的开阔地，在小乔治看来非常单调无趣。延绵许多

英里起伏的树林和草地，看上去美丽如画，可是小乔治对风景不是特别感兴趣。瓦蓝瓦蓝的天空，一朵朵明丽的、乳白色的闲云，也都非常美丽。这些让小乔治心旷神怡，还有温暖的阳光也令他惬意，但是坦白地说，他渐渐感到有点厌倦了。为了缓解这种乏味的情绪，他开始编一首小歌曲。

歌词已经在他脑海里萦绕了好几天，曲子也有了，但他没法把它们完全理清楚，搭配在一起。于是，他开始边哼边唱，不时地吹几声口哨。他把歌词这么试试、那么试试，停下来，再重新开始，把音符改一改，最后，第一句总算弄得让自己满意了。乔治把第一句唱了一遍又一遍，确保自己在开始编第二句时不会把它忘掉。

可能是因为一门心思地编歌，小乔治疏

忽大意了，差点儿让自己送了命。他几乎没有注意到已经走过那幢带大谷仓的房子，就在他想把第一句再唱第四十七遍时，那条老猎犬突然咆哮（páo xiào）着从后面追了过来。离得真近啊，他都能感觉到老猎犬热乎乎的气息。

小乔治本能地高高跃起，向前接连蹿了几步，使自己暂时脱离了危险。他停了一会儿，紧了紧背包的带子，然后以稳健的步伐继续跑路。"不要在慢性子的狗身上浪费你的体力"，这是兔爸爸的准则。他试了几次急停、弓背和兜圈子，但知道基本上不会有什么用。这片开阔的原野太贫瘠（pín jí）了，而那条老猎犬一眼就能识破所有的花招。不管他怎么转弯、躲闪，那条老猎犬也甩不掉，一直脚步沉重地追在后面。小乔治在四下里寻找土拨鼠的地洞，可是一个都没看见。

"好吧,看来我必须一直跑到底了。"小乔治说。

他又紧了紧背包的带子,让耳朵往后趴倒,让肚皮贴着地面,然后撒腿奔跑!他跑得真快啊!

温暖的阳光使他肌肉放松,清新的空气令他精神抖擞,小乔治跳跃的步子越来越大,越来越大。他从来没有感觉过自己是这样年轻、这样强健。四条腿就像钢做的弹簧,自动地弹跳起来。他几乎没有意识到自己在用力,只知道后腿在一次次撞击地面。每次撞击,那些美妙的弹簧都会突然发力,把他弹向空中。他高高地跃过栅栏,跃过石墙,就好像它们只是鼹鼠的小土堆。啊,这感觉简直像飞一样!现在他明白了燕子嗖嗖形容飞翔时想要表达的感觉了。他扭头扫了一眼老猎犬,现在他已经被远远地甩在了后面,可是仍然拖着沉重缓慢的步子，穷追不舍。老猎犬上了岁数，肯定已经累了；而他，小乔治，每跳一步都感到自己更强壮、更精力充沛。那个老笨蛋为什么还不作罢，反身回家呢？

突然，就在小乔治纵身跃过一道缓坡的顶部时，他一下子明白了。他竟然忘记了"亡灵小溪"！小溪就在前面，水道宽阔，水流很深，呈一个大大的银白色的弧形。他，身为六月禾之乡绅士猎手兔爸爸的儿子，竟然被逼入了走投无路的困境，这种困境就连波基也应该能避免的呀！不管往右拐，还是往左拐，那条弧形的小溪都会把他围困，而那条老猎犬能够毫不费力地切断他的后路。他别无选择，只能跃过小溪！

意识到这一点，他有点眩晕，但他并没有减速，反而把速度增加了一

倍。下坡路使他如虎添翼，他凌空的飞跃简直令人称奇。风嗖嗖地刮过他向后平贴的耳朵。但他一直抬着头，兔爸爸肯定希望他这样。他挑中岸边一个比较结实的高处，然后丈量跳跃的脚步，使步伐正好合适。

起跳非常完美。他把腿部所有的肌肉都集中于最后的这一蹬，随即便跃入了半空。下面，他能看见一团团白色的浮云倒映在幽暗的水面上，能看见水底的鹅卵石。他飞掠的影子吓得小鱼儿倏忽 (shū hū) 逃窜，闪过道道银光。

然后，随着一声令人窒息（zhì xī）的猛烈撞击，他落地了，连翻七个跟头，最后一屁股坐在一簇茂密的、软绵绵的青草上。

他一动不动，只有胸脯在剧烈地起伏。他注视着老猎犬咚咚咚地奔下山坡，打着滑停住脚步，厌恶地打量了一下水面，转身慢慢地走回家去，滴答着口水的舌头都快拖到地上了。

小乔治用不着牢记兔爸爸说的"剧烈奔跑过后要休息十分钟"的准则。他知道他全身都累散了架，不过倒是想起了自己的午饭，于是解开小背包，一边休息一边吃饭。刚才真是把他吓得不轻，可是随着呼吸慢慢平稳，午饭落进肚子里，他又恢复了精气神儿。

兔爸爸肯定会很生气，这也难怪，因为小乔治犯了两个非常愚蠢的错误：他让自己遭

到突然袭击，还直接冲进了一个危险的困境。可是，那惊人的一跃，在这片地区的历史上，还没有哪只兔子飞跃过亡灵小溪呢，就连兔爸爸也没有过！小乔治找到刚才落地的位置，估算了一下小溪的宽度——至少十八英尺！随着心情越来越好，他那首歌的歌词和曲调突然变得严丝合缝了。

小乔治仰面躺在温暖的草地上，开始唱他的歌——

新人要来啦，哦，哎呀！

新人要来啦，哦，哎呀！

新人要来啦，哦，哎呀！

哦，哎呀！哦，哎呀！

歌词不多，曲子也很简单，旋律只是微微地上下起伏，最后又回到开始的那个音符。许多人可能会嫌它单调，可是小乔治觉得再合适不过了。他忽而高声唱，忽而轻声唱，把它当成一首胜利的凯歌，歌颂自己遭遇并战胜了一连串危险。他把这首歌唱了一遍又一遍。

红肚皮的知更鸟，正往北方飞去，此刻停在一棵小树上，朝下面喊道："喂，小乔治，你上这儿来做什么？"

"去接安纳达舅爷爷。你去兔子坡了吗？"

"刚从那儿过来，"知更鸟回答，"大家都很兴奋。据说有新人要来了。"

　　"是啊，我知道。"小乔治急切地喊道，"我刚就这件事编了一首歌。你想听一听吗？是这样的——"

　　"不了，谢谢。"知更鸟说，"我走了——"他说完就飞走了。

　　小乔治一点儿也没觉得扫兴，他把那首歌又唱了几遍，一边扛起背包，一边继续赶路。那首歌也很适合走路的时候唱，他唱着歌走完高垄地，走下迎风冈，绕过乔治镇。傍晚，他终于踏上了通往丹伯里的那条路，嘴里仍在唱着那首歌。

　　他刚唱完第四千遍"哦，哎呀！"就被灌木丛里传来的一个凶巴巴的声音打断了："哦，哎呀——搞什么玩意儿？"

小乔治猛一转身。"哦，哎呀——天哪！"他喊道，"啊——啊，是安纳达舅爷爷。"

"没错。"那声音笑了起来，"安纳达舅爷爷，对着呢。快进来，小乔治，快进来——你从家里走过来，道儿可不近呢。我要是一条狗，准会把你给咬了。真奇怪你老爹怎么没教会你多留点儿神。啥也别说了，进来吧。"

虽然兔妈妈担心过，安纳达舅爷爷家里

没有女性照料打理，恐怕状况不佳，然而，即使在她最悲观的时候也绝对想象不出，小乔治被请进的那个地洞有多么杂乱无章。

没有任何疑问，这是一个光棍汉的家，小乔治倒是很欣赏这份单身汉的自由，可是也不得不承认，地洞里实在是肮脏到了极点，数不清的跳蚤四处横行。他在露天里走了一整天，洞里的空气感觉令人窒息，而且气味儿一点也不好闻。也许是安纳达舅爷爷抽的那种烟草——小乔治希望是这个原因。舅爷爷的厨艺也让人不敢恭维——晚餐只有一根不知猴年马月以前的皱巴巴的胡萝卜。吃过这寒酸(hán suān) 的一餐，他们来到洞外坐下，在小乔治的建议下，兔妈妈的那封信被拿了出来。

"还是你念给我听吧，乔治，"安纳达舅爷爷说，"那副该死的眼镜不

55

知道放哪儿去了。"小乔治知道舅爷爷没有把眼镜弄丢，实际上他根本就没有眼镜，他只是从来没学会识字，但这句场面上的话总是少不了的。于是小乔治顺从地念起了信：

亲爱的安纳达舅舅：

希望你一切都好，但我知道自打米尔德嫁人离开之后，你一个人很孤单。我们希望你能过来跟我们一起过夏天，因为这儿要来新人了。但愿他们会种地，如果真是这样，我们就都能吃得很好。但他们可能会有狗、毒药、陷阱和弹簧枪，也许你不应该拿生命来冒险。虽然有各种不便，但我们还是盼望能见到你。

爱你的

外甥女莫丽

下面还有一条附言：又及，请别让小乔治把脚弄湿。可是乔治没有把这句话念出来。真想得出来！他，小乔治，跃过了亡灵小溪，跳远健将小乔治，会把自己的脚弄湿？！

　　"好啊，"安纳达舅爷爷大声说道，"好啊，这封信写得真好啊，真好啊。没啥说的，我肯定愿意啊。如今，米尔德一去不回，我在这儿确实孤单得要命呢。至于吃的嘛——我见过各种小气的、抠唆（kōu suo）的人，但从没见过

像这儿的人这样抠门的。没错没错，我琢磨着我愿意。不用说，新人要来了，可能是好事，也可能是坏事。不管怎么样，我都不相信他们。旧人我也不相信。不过，跟旧人打交道，你至少知道在多大程度上不能相信他们，对于新人呢，你压根儿什么都不知道。不管怎么说，我还是去吧，我琢磨着我愿意。你妈妈做的豌豆莴苣汤，还跟过去一样好喝吗？"

小乔治向他保证，兔妈妈做的汤仍然好喝，并希望他到时候喝上满满一碗。"关于那些新人，我还编了一首歌呢，"他急切地说道，"你想听一听吗？"

"恐怕不想听了。"安纳达舅爷爷回答，"你随便找个地方睡觉吧，乔治。我把几件小东西打个行李包，明天我们最好一大早就出发。我会叫醒你的。"

小乔治决定睡在外面的灌木丛下面。夜晚的天气很暖和，地洞挖得非常结实。他嘴里哼着自己的歌，此刻把它当成催眠曲了。真是一首很不错的催眠曲，他还没有哼完第三遍，就沉沉地进入了梦乡。

第 4 章

安纳达舅爷爷

　　他们一早就出发了，因为安纳达舅爷爷真的是上了年岁，只能慢悠悠地赶路。不过他很有经验，而且具有丰富的乡村知识，也就大大地弥补了速度上的不足。他认识每一条小路，知道很多捷径，熟悉每一条狗和每一个藏身之处。他一整天都在向小乔治传授兔子的生存之道，在这方面他简直比兔爸爸知道的还多。

　　他们一直走在石墙和灌木篱墙的阴影里，每次碰到养了恶犬的人家，都要绕一个大圈子躲开。停下来休息时，总是选择一跳就能钻地洞或躲进石楠丛的地方。他们在亡灵小溪边歇脚吃午饭，小乔治带着可以原谅的骄傲，指出了他当时跃过小溪的准确地点。甚至，他们还找到了他落地时踩下的深深脚印。

安纳达舅爷爷用犀利的、富有经验的目光打量了一下宽阔的小溪。"这一跳真不简单

呢，乔治，"他承认道，"真不简单。你老爸都做不到，我自己也做不到，哪怕是在我年轻的时候。没错——这一跳很不简单。可是，你不应该让自己遭到突然袭击，不应该让自己被逼到那么一个境地，没错，那完全是太大意了。我估计你老爸对这点肯定很生气。"小乔治也相信会是这样。

午饭吃得很简陋 (jiǎn lòu)，就是安纳达舅爷爷的碗柜里搜罗出来的一些残屑碎片，那个碗柜即使在光景最好的时候，也没有多少东西。不过太阳暖融融的，天空一片蔚蓝，这位年迈的绅士似乎非常喜欢休息、聊天。

"知道吗，乔治，"在茂密的草地里舒舒服服地躺下去后，舅爷爷说，"你一整天唱的那首歌——正经来说其实不算一首歌，没有什么调调儿，但里面倒是有一些很不错的道理，你自己可能并不知道。我来跟你说道说道吧——因为永远都会有新人到来，就是这样。永远都会有新人，永远都会有新光景。

"你就看看我们正在走过的这条路吧。记得我爷爷跟我说过，他爷爷曾经告诉他，他爷爷的爷爷过去经常谈起那些老辈子的光景，说那些红衣服的英国兵迈着大步走过这条路，奔向丹伯里，开枪杀人，点火烧房子、谷仓和庄稼，这附近的人纷纷冲过来，开枪反抗。他们中间的许多人就埋在这儿的果园里，所有的房子都没有了，所有的牲口和粮食都没有了，那时候就是坏光景——坏到了极点。可是那些英国兵走了，坏光景也走了，然后总是会来新的人，开始新的光景。

"我们老百姓只是继续生孩子养孩子，忙活自己的事情，可是新人不

断地来，过了一阵子，这片山谷里就到处都是作坊和工厂了，高垄地那儿的田野里长着茂密的麦子、土豆和洋葱，满眼看去都是人。大马车骨碌（gū lu）骨碌地就在这条路上开过，把谷子和甘草撒得到处都是。对大伙儿来说，那时候就是好光景。

"可是没过多久，所有的年轻后生们都排着队从这条路上走过，都穿着蓝色的军装，唱着歌儿，嘻嘻哈哈，拿着纸袋子装的饼干，枪杆上插着鲜花儿。他们多半都没有再回来，老辈儿的人一个个死了或者走了，作坊也荒废了，田里长出了杂草，这就又轮上了坏光景。可是爷爷奶奶只管继续生养我们，忙活他们自己的事情。再往后呢，新人又来了，铺了黑马路，盖了新房子，办了学堂，跑起了汽车，没等你醒过味儿来，好光景又开始了。

"乔治啊，世上总有好光景，也有坏光景，但都会过去。世上也总有好人，总有坏人，他们也会过去——但永远都会有新人到来。所以，我说你一直唱的那首歌有点儿道理——除此之外，这首歌太没劲了，没劲透了。我想打个盹儿——十分钟就够。你把眼睛睁大点儿。"

小乔治一直睁着眼睛，竖着耳朵，他可不想再遭到突然袭击了。他开始琢磨安纳达舅爷爷跟他说的话，可是他一想事儿总爱犯困，就跑到小溪边洗了洗脸和爪子，然后把他们的背包收拾好，盯着岸上的树影子。当影子显示过了整整十分钟时，他便叫醒舅爷爷，两人继续赶路。

安纳达舅爷爷要离开的消息，在丹伯里的小动物们中间传开了，许多动物都来到路边，跟他告别，祝他好运。土

65

拨鼠也来到高垄地上，想要给波基捎口信，就这样，当他们走下长山坡，朝双子桥走去时，天色已近傍晚。他们又累又热，浑身灰扑扑的，靠近北边那条岔道时，安纳达舅爷爷看上去好像心事重重。后来他们在小溪岸边坐下来休息，他突然说出了自己的心里话。

"小乔治，"他一口气说道，"我要做这件事，没错，我要做这件事。你知道的，女人家都很奇怪，对一些事情很挑剔（tiāo ti），你

爸爸就更挑剔了。不知道我有多少该死的年头没做这件事了，但现在我要做一做。"

"做什么呀？"小乔治问，满脸困惑 (kùn huò)。

"小乔治，"安纳达舅爷爷严肃地说，"你现在仔细听好，因为你这辈子都不会再听见我说这句话了。小乔治——我要给自己洗个澡！"

他们洗得干干净净，神清气爽，匆匆地朝兔子坡赶去。小乔治归心似箭，几乎是一路奔跑。虽然离得很远，但也能看出他不在期间发生了一些事情。大房子的屋顶上铺了一些崭新的瓦，看上去亮闪闪的，空气里有一股松木刨花和新油漆的香味儿。

兔妈妈和兔爸爸高兴地迎接了他们，安纳达舅爷爷把他的几件行李放在客房里时，小乔治竹筒倒豆子般把他的经历说了一遍。不用说，兔爸爸对他粗心大意，遭到老猎犬偷袭的事非常生气，可是听到他纵身跃过了亡灵小溪，又感到很得意，态度也就没有那么严厉了。

"还有，妈妈，"小乔治兴奋地继续说道，"我还编了一首歌呢。是这样唱的——"

兔爸爸举起一只爪子，让大家安静。"听。"他说。他们都侧耳倾听，起初小乔治什么也听不见。接着，耳边突然传来一个声音。

整个兔子坡上，回荡着小动物们此起彼伏的合唱声，他们唱的正是他的歌——小乔治的歌！

在靠近大房子的地方，他能听见波基刺耳难听的大嗓门，新人要来啦，哦，哎呀！他还分辨出了臭鼬唒喂、红公鹿和灰狐狸的声音。田鼠威利及其兄弟姐妹的高亢的嗓音，听起来像远处一阵隐隐的钟声。哦，哎呀！哦，哎呀！小乔治还听见鼹鼠发闷的声音从草皮下面传出来。妈妈忙碌着准备晚饭时，嘴里也在哼这首歌。就连安纳达舅爷爷，一边高兴地嗅着汤锅里的香气，一边也时不时地发出一声哦，哎呀！

比尔·希基和他的那些木匠刚刚离开，当他们的卡车咔啦啦地驶过车道时，小乔治听见他们在吹口哨——吹的正是他的歌!

在道路那头的小木屋里，蒂姆·麦格拉斯正高兴地用榔头敲他的拖拉机，让这台闲置一个冬天的机器恢复形状。他的犁已经清理干净，擦得亮闪闪的，耙子也都准备好了。他一边干活，一边唱歌。

"你这首歌是从哪儿学来的？"他老婆玛丽从厨房窗口问道。

"不知道。"蒂姆说，"哦，哎呀！新人要来啦，哦，哎呀！新人——"

"真是一件好事，"玛丽打断了他，"新人要来，真是一件好事，这个冬天我们一直找不到多少活干。这是一件好事。"

"——要来啦，哦，哎呀！现在的活儿干不完，"蒂姆大声说，"要收拾菜园子，很大很大的菜园子，还要整理草坪，给北边那片地开荒播种，砍木头，清理灌木丛，归置车道，清除矮树棵子，搭鸡窝，活儿太多了——哦，哎呀！哦，哎呀！新人要来啦，哦——"

"我认为这不算一首像样的歌，"玛丽说，"不过倒是一件好事。"

话虽这么说，几分钟后，在晚饭餐盘叮叮当当的声音中，蒂姆听见老婆那还算悦耳的声音在满足地哼唱着："——要来啦，哦，哎呀！新人要来啦，哦，哎呀！"

泥瓦匠路易·柯斯道克正往卡车上装货。他一边把明天要用的泥刀、水桶、榔头、铲子、水管、水泥袋和其他各种东西扔进卡车，一边哼着歌儿，虽然荒腔走板，但哼得非常高兴。曲调很难说得清是什么，歌词也很含糊，但听起来好像是："——人要来啦，哦，哎呀！新人要来啦——"

在街角小店，达莱先生正在整理货架、订购新货。不需要订购很多，在这个漫长、难熬的冬天，店里很少有人光顾，他的货架几乎跟去年秋天一样满满当当。可是现在冬天已经过去。透过敞开的店门，春天第一缕温暖的气息悄然飘入，沼泽地里，雨蛙们叫得正欢，叫声就像雪橇的铃铛一样不绝于耳。

达莱先生坐在高脚凳上，在清单上勾勾画画，一边写一边哼唱一首小歌——"新人——咖啡两打，咸牛肉十二份——要来啦，哦，哎呀！新人——淀粉三盒，火柴，辣椒，玉米淀粉，烟，生姜啤酒——要来啦，哦，哎呀！新人要来啦——餐巾纸，醋，腌黄瓜，杏干——哦，哎呀！哦，哎呀！哦，哎呀！"

第 5 章

波基固执己见

接下来的几天，兔子坡发生了几件大事。实际上，事情太多了，兔爸爸一直密切关注，都感到有些疲劳了。菜园子里的地已经犁过、耙过、松过了。那是个非常丰饶的菜园子，面积有原来的两倍，而且周围没有栅栏，这让大家都松了口气。花圃里也种了花，施了肥，所有的草坪都翻了土，仔细耙过、压实，准备重新播撒草种。

现在，北边那片地正在耕种。蒂

姆·麦格拉斯开着他那辆轰隆作响的拖拉机，快活地吹着口哨，看着褐色土壤从犁头下面翻上来，形成笔直而整齐的犁沟。波基和兔爸爸一起，在波基家门口赞许地注视着这一幕。拖拉机的轰隆声暂时停止时，正在重砌（qì）石墙的路易·柯斯道克，大声问蒂姆道："他们要在那儿种什么，蒂姆？"

"荞麦，"蒂姆回答，"现在种荞麦。以后翻耕了再种苜蓿和梯牧草。"

"你听见了那句话吗？"波基喜滋滋地捅了捅兔爸爸，"荞麦！啊，我都不记得自己有多久没有进入一片长势喜人的荞麦地了。哦，哎呀，哦，哎呀！"

"你有没有听见他们提到六月禾呢？"兔爸爸满怀希望地问。

"没有。"波基说，"不过我有荞麦就够了，对肯塔基州的那些玩意儿不感兴趣。我估摸着，你老伴儿听了这话也会很高兴呢。她以前做的那些小荞麦饼真叫一个好吃。想想吧！"他陶醉地叹了口气，"一大片荞麦地，就在我自家的院子里，可以这么说吧。"

"说到你自家的院子，倒提醒我了，波基，"兔爸爸说道，"我必须严肃地跟你谈一谈，关

于你目前居住位置的潜在危险。万一新来的
人——"

波基粗暴地打断了他的话："如果你又要
开始唠叨让我搬家的事，我劝你还是省省气力
吧。我不会搬的。"他固执地弓起两个肩膀，"我
绝对不会搬的，就这么简单。在这片兔子坡上，
哪儿也找不到比这更好的地洞了。我在这个

地方吃尽了辛苦——我才不会搬走呢。"

"我说的是,"兔爸爸继续说道,"万一新来的人把狗引入我们中间,你的位置紧邻(jǐn lín)大房子,处境将会很危险。"

"我能照顾好自己。"波基嘟囔道。

"没有人想要谴责你的勇气,以及你保护自己的能力,波基,"兔爸爸开始有点儿不耐烦了,"但是你的固执(gù zhi)和不通情理正在给你的朋友们带来极大的痛苦。"

"我跟公鹿和灰狐狸谈论过这件事,我们商量好了,如果那家人有狗,而你一味地固执己见,拒绝理智行事,我们就索性把你强行搬到一个安全的地方——对此我们也感到十分遗憾。我们还跟哼喂谈过此事,他完全赞成我们的意见。你也知道,哼喂可以在很短的时间内捣毁你的家,这样你就无法住了，而且他随时准备这么做——如果必要的话。"

说完这个最后通牒（tōng dié），兔爸爸昂着头走开了，然而波基只是更加固执地弓着身子，继续嘟囔道，"我才不会搬呢。我才不会搬呢。"

兔爸爸发现哨喂和灰狐狸正在查看新修的鸡圈和养鸡场。鸡圈是用粗铁丝围起来的，灰狐狸已经挑中并且标出了他打算在底下挖地道的地方。哨喂更喜欢吃比较年幼的鸡，正在考虑直接在鸡笼下面挖洞。"偶尔来一只鲜嫩的小鸡还是蛮不错的，"他说，"不过，只要弄清楚了垃圾的情况，我是不会去找小鸡们的麻烦的。我希望他们用的不是那种新式垃圾桶，埋在地里，上面有沉甸甸的大铁盖子。唉，那玩意儿太危险了，根本就不应该用。"

"我在木炭山上有个表哥，有一次就被关在一个这样的垃圾桶里。他把盖子打开，正在美美地享受，突然，啪的一下，盖子落下来，他就被关住了。关了整整一夜。第二天早晨女仆出来时，他早已受够了垃圾的滋味。那个女仆呢，打开那个盖子时，也被臭鼬吓得不轻。"他轻声地笑了，"她当天就离开了。那些人活该倒霉，竟然用了那么危险的装置。"

"也许他们会挖个大坑，把垃圾埋在里面。"兔爸爸说道。

"这我倒也不赞成。"唷喂回答，"太浪费了，把新鲜的好垃圾跟不新鲜的旧垃圾混在一起，还有那些瓶瓶罐罐和脏土什么的。不，先生，我希望看见的是一个地道的老式垃圾桶，有个宽宽松松的漂亮盖子，如果那些人是体贴周到的好人，就会使用那样的垃圾桶。”

兔爸爸发现这个话题有点令人讨厌，就继续往前走去，不一会儿，他碰到了田鼠威利和他的朋友鼹鼠。

“晚上好，威利，”兔爸爸说，“想必，你的亲戚朋友都在耕地开始前，成功地把家居用品搬到北边那片地里去了吧？”

“是啊，没错，谢谢您了。”威利很有礼貌地说，“他们都非常感谢您及时地提醒了他们。”

“哪里，哪里，”兔爸爸回答，“我只是碰巧听见麦格拉斯先生说他第二天要开始耕地，才得以传播那个消息。我真希望另外某些人也能对善意的建议迅速做出反应。”

“您说的是波基吧？”威利问，“他真是

个顽固的老怪物，不是吗？"

兔爸爸严厉地盯着威利，"威利，波基先生是我们这片地区年纪最大、最受尊重的成员之一，有资格得到鲁莽后生的尊重。"

"是的，先生。"威利说。

"鼹鼠，"兔爸爸审视着被耙得光滑平整的草地，继续说道，"这是一片非常漂亮的草坡。你在这儿挖地洞应该其乐无穷。"

鼹鼠捡起一块土疙瘩（gē da），用爪子把它捏碎（niē suì）。"还有点太软，挖起来不痛快，"他说，"而且那些虫子都被吓得四散逃走了。不出两三个星期，小草开始长出来时，虫子就又会聚过来（您知道，它们最喜欢鲜嫩多汁的草根），然后我自己也就可以开始真正找食儿了。"

就在这时，小乔治跑了过来，

肚子里装满了新消息。"明天就来了,爸爸,"他喊道,"明天就来了。我刚才听路易·柯斯道克对蒂姆·麦格拉斯说,要把车道上的那些窟窿(kū long)补好,因为搬家的货车明天早上就要来了。那些人也是——明天早上就搬过来。"

"太好了,"兔爸爸说,"我们终于能有机会探明这些新邻居的人品和性格了,弄清他们会带来什么样的犬类或猫类。顺便说一句,乔治,别在你妈妈面前提到搬家的货车。你还记得小思罗克莫顿吗?"

小乔治记得非常清楚,小思罗克莫顿曾是妈妈非常喜欢的一个小孙子。一辆搬家的货车无情地夺去了他的生命,从那以后,妈妈就对搬家的货车有一种非理性的畏惧。

不用说,这个消息像野火一样迅速蔓延。

那天夜里，兔子洞里一直人来人往，大家议论纷纷，做出各种推测。兔爸爸提醒说不要提到搬家的货车，可是根本没用，兔妈妈一听说新人即将到来，立刻大喊一声："搬家的货车！"随即就哭了起来。她用围裙蒙住脑袋，哭了很长时间，要求小乔治明天一直待在兔子洞里，直到所有的危险都过去为止。

"好了，莫丽，别这样大惊小怪。"安纳达舅舅安慰她道，"完全没道理嘛。那条车道坑坑洼洼，弯弯曲曲，还满是一个个窟窿，那些该死的搬家车根本就开不快，连一只乌龟都不会有危险。而且，到时候我也在呢，关于搬家车啊、人啊、狗啊、猫啊什么的，如果还有我不知道的，那就没有人知道了。"

兔妈妈发誓说她一整天都不会离开兔子窝，可是安纳达舅舅捅了捅兔

爸爸的肋骨。"别担心,"他轻声笑着说,"她准会跟我们大家一起出去,使劲儿地看个够的。她怎么想的我门儿清。"

第 6 章

搬家的货车

重要的一天来临了，搬家的货车开了过来。它们吱吱嘎嘎、摇摇晃晃，骨碌碌地开过车道，几位司机完全没有意识到，他们正被几十双亮晶晶的小眼睛注视着。在杨梅丛中、荆棘丛中和茅草丛中，所有的小动物都聚在一起，观察那些新来的人。灰狐狸和红公鹿来到松树林的边缘，站在那里，如雕像一样纹丝不动，只有红公鹿的一对大耳朵转过来、转过去，捕捉每一种游动的声音。货车停稳后，就连兔妈妈也大着胆子过来了，此刻就坐在兔爸爸和安纳达舅舅中间，一只手紧紧抓住小乔治的左耳朵。

　　对于动物们来说，看着家具被搬下车是一件很有意思的事，因为这提供了一个机会，可以根据新人的财物来判断他们的性格。兔爸爸满意地注意到许多红木家具放射出醇厚

的光泽。"那些，"他小声对兔妈妈说，"非常清楚地证明他们是有品质的人。我很久没有见过那样的东西了，自从离开六月禾——"

唷喂高兴地扭来扭去，打断了他的话。一个老式的、没有任何盖子的大垃圾桶，刚才被放在了车库后面。"这才是我所说的靠谱的人家，"唷喂沾沾自喜地说，"而且桶就放在那个葡萄架下。我可以在同一个地方吃正餐和甜食了。"

安纳达舅舅用锐利的目光，注视着各种工具和园林用具被搬进工具棚。"还没有看见捕兽夹和弹簧枪，"他承认道，"不过瓶瓶罐罐一大堆——没准儿有毒药，也许没有——现在还说不清。"

路易和蒂姆都找机会溜达到大房子周围，因此也能观察并做出评判。

“看样子倒是靠谱人家的东西。”路易说。

“是啊，”蒂姆回答，“非常靠谱。不过书实在太多了。这点我不是很赞成。读书太多的人，总有些古里古怪的。我爷爷总是说：‘读书毁脑子。’也不知他说得对不对。”

“哦，这我也说不好。”路易说道，“我认识一个人，读过许多书，人倒是很不错的。不过两年前死了。”

东西都卸下来后，搬家的货车顺着车道吱吱嘎嘎地开走了，可是动物们都没有动弹。他们真正关心的是那些新人。到了下午三四点钟，他们的耐心终于得到了回报，看见一辆汽车顺着车道驶来了。是一辆很旧的汽车，里面塞满了行李。动物们注视着这一切，情绪一阵激动，每只眼睛都盯着坐在车里的人。

男主人先下了车，嘴里叼着烟斗。安纳

达舅舅满意地嗅（xiù）了嗅空气："这倒很中我的意，"他小声对兔爸爸说，"我喜欢抽烟斗的人。他们身上的味道能给你一点提醒。现在的那帮家伙，他们走过来时，你也许正在田里打盹儿呢，稍不留意就会踩在你该死的后背上，这时你才知道他们过来了。但如果是个抽烟斗的人，特别是抽这种味儿很冲的烟斗，你隔着半里地就会知道他过来了。没错，我喜欢烟斗。"

兔爸爸赞同地点点头，但他的眼睛盯着那位女主人。女主人从车里拎出一个大篮子，此刻正把篮子的盖打开。

　　兔妈妈屏住呼吸，所有的小田鼠都忍不住打了个哆嗦，只见一只硕大的灰色虎斑猫钻了出来。他伸了伸前腿，又伸了伸后腿，然后迈着缓慢而高傲的步子，走上前门的台阶，开始用舌头给自己洗澡。他洗得很彻底，甚至张开爪子，把脚趾缝儿都舔了一遍。然后，他在阳光底下躺下来，呼呼大睡了。

　　田鼠们交头接耳，叽叽喳喳地交流他们的恐惧，兔妈妈似乎要晕倒了，可是安纳达舅舅那双老辣的眼睛，观察到了许多事情，他的话很快就消除了他们的担忧。"老啦，"他宣布道，"这只猫老得都快不行了。你们没注意到他走路的姿势多僵硬吗？还有那些牙齿——他打哈欠时你们没看见他的牙齿吗？老得只剩下圆秃秃的残根儿了。别傻了，他对谁都不会有危险的。我恨不得走过去，照他脸上踢一脚呢——总有一天我会这么干的。"

他们的注意力现在又转向了汽车，只见它奇怪地颤抖着，发出吱吱的声音。两三个包裹掉了出来，紧跟着又有数不清的大包小包被扔出来，一个身材肥壮、面颊红扑扑的女人从后座上钻了出来。

"瞧，索菲洛尼亚，这就是我们的新家。是不是很漂亮？"女主人愉快地说。索菲洛尼亚看上去心有疑虑，她拖着两个鼓鼓囊（nāng）囊的箱子，朝厨房的门走去。

唷喂高兴地拍了一下兔爸爸的后背。"会有垃圾吗？会有吗？哦，哎呀，哦，哎呀！在我经验里，那种体格、那种身材的人，准能扔出最体面的垃圾！分量还特别足。鸡翅膀，鸭脯肉，火腿骨——而且做得火候正好！"

"有些人的厨艺非常讲究，"兔爸爸承认道，"而且一般都很慷慨，很能理解我们的需求和习惯。这样的人在这里非常罕见，可是在六月禾之乡——"

"哦，又是你和你的六月禾——"唷喂打断了他。

"别唠叨啦，快睁大你们的眼睛，"安纳达舅舅厉声说道，"看他们有没有从车上搬下什么捕兽夹、弹簧枪、毒药、步枪、猎枪、陷阱（xiàn jǐng）、网子之类的东西。"

他们使劲盯着，直到最后几件行李也搬下车，拿进了房子里。他们一直注视着傍晚的影子从那只猫身上爬过，看见他僵硬着身子站起来，伸了伸懒腰，慢慢朝厨房的门走去。然后，他们便散了，各自回家，边走边议论着这一天的各种事情。

总的来说，大家都感到十分满意。没有看见捕兽夹、弹簧枪或其他致命武器的影子，那只猫显然也没有什么危险，这家人没有养狗。

　　夜幕降临后，看见大房子里又亮起灯光，看见有人在走动，听见厨房里传来愉快的杯盘碰撞声，实在是令人欣慰。空气里弥漫着山核桃木的烟味儿，非常好闻。小乔治从大房子旁边走过，能听见木头在客厅里噼噼啪啪地燃烧。他开心地哼唱道：

　　　新人要来啦，哦，哎呀！
　　　新人要来啦，哦，哎呀！

第7章

"读书毁脑子"

新来的人可能没有意识到，在接下来的几天里，他们无疑是处于被考察的阶段。从早到晚，一双双亮晶晶的小眼睛藏在高高的草丛里，注视着他们的一举一动，众多的小耳朵竖起来倾听他们说的每一句话。

就在第二天早晨，兔爸爸和安纳达舅舅决定试试那只猫的底细，他们已经得知猫的名字叫马尔东先生。当时，猫躺在前门的台阶上，沐浴着明媚的阳光，观察着周围的新环境，

兔爸爸突然从门前的草坪上跳过，离猫只有几英尺远。马尔东先生只是懒洋洋地看看他，又继续打量起风景来。安纳达舅舅接着尝试，他虽然没有像自己扬言的那样去踢猫的脸，但他跑到猫的近前，把一些土扬在了猫的身上。老猫把土抖掉，打了个哈欠，开始睡觉。

见此情形，田鼠威利和他的几个表兄弟胆子大了起来。他们围成一个

半圆，又是讥笑，又是做鬼脸，还不停地跳来跳去，嘴里侮辱地唱道：

马尔东，马尔东
你是一只大浣熊！
啧！啧！啧！

可是马尔东先生用一只爪子捂住耳朵，继续沉睡。

"别傻了，"安纳达舅舅嘟囔道，"他对谁都不会有危险。"

不用说，兔爸爸急于弄清新来的人是不是真正的上流人士，因为他把礼貌和教养看得特别重。直到傍晚的时候，才出现了一个机会。那家人开车出去了，于是兔爸爸和几个朋友耐心地躲在车道旁边，等他们回来。汽车骨碌碌地驶上车道时，兔爸爸突然跑过去，直接出现在驶来的汽车前面。

男主人猛踩刹车，汽车完全停住了，他和女主人都把帽子脱下，异口同声地说道："晚上好，先生，祝你好运！"然后戴上帽子，继续开车，开得非常缓慢、小心。

兔爸爸感到满意极了。"看到了吗，"他大声对其他动物说，"这才是真正的文明和教养。我无意批评这里——我的第二故乡，但我必须说明，自从我在此定居以来，第一次遇到如此体贴周到、令人愉悦的行为，而在我生长的地方，这些都是大家普遍遵守的习俗。说起在六月禾——"

"哦，又是你和你的六月禾。"唷喂哼着鼻子说，"我对他们的礼貌不感兴趣。我感兴趣的是他们的垃圾。"

　　"你会发现的，唷喂，"兔爸爸有点恼火地说，"你会发现好教养和好垃圾是密切相关的。"

　　烟斗的烟味儿打断了他们的争论，这烟味儿总是预告着男主人的到来。他顺着车道走来，手里拿着一个钉在桩子上的整洁的木牌和一根撬棍、一把榔头，以及各种其他用具。他们都不错眼珠地注视着，只见男主人把木牌竖在了车道入口处。

"那上面说什么，乔治？快念给我听听。"安纳达舅舅小声说，"我那副该死的眼镜不知道放到哪儿去了。"

小乔治一字一顿地念道："上面说：为了——小——动物，请——小心——开车。"

"真不赖啊！这才是真正的好人啊。"安纳达舅舅承认道，"你妈妈听了这个肯定很高兴，乔治。为了小动物，请小心开车。没错，确实想得很周到。"

很快，在其他许多方面，新来的人也开始符合小动物们给好人制定的高标准了。灰狐狸面对一群聚集在山坡上的朋友，讲述他觉得最值得称道的一件事。

"看样子，他们是真正明事理、有见识的人，"他说，"非常安静和友好。就在昨天下午，我在附近考察，好像闻到了炸鸡的味儿，我就走进了那个有围墙和长凳的小花园。我当时也没太注意，而且他，那个男主人，没有抽烟斗，不然我就会知道他在那儿了。结果，没等我反应过来，就突然到了他跟前，简直可以说是面对面。他在看一本书，这时抬起头来，你猜他是怎么做的？他什么也没做，就是那样。他只是坐在那儿，看着我。我呢，也站在那儿看着他。然后他说：'哦，你好！'就继续看他的书了，我也继续做我的事。那样的人才是真正的好人啊。"

"还有女主人，"波基赞同地点点头，咕哝着说，"那天下午你们有谁听见了那一阵喧闹吗？是这样的，诸位，我当时正在田野里闲逛，估计也是太大意了，往空旷地走得太多，时间又太早，突然，十字路口那条最大的狗朝我扑了过来。我当然没有害怕，可是当时的处境很不妙，后面没有东西可以依靠，所以我只好用后腿站立，看他敢不敢上来。他鼻子上已经有我两三年前撕开的两道伤疤，所以不敢上前，但开始绕着我兜圈子，想从我身后偷袭。他动静闹得够大的，横冲直撞，扯着嗓子咆哮、吼叫，就在这时，正在花园里干活的女主人走了出来，手里拿着一块甜瓜那么大的石头。

"她仔细观察了一下形势，双脚稳当地站在地上，胳膊一抡，咚，用石头打中了大狗！正打在他的肋骨上，哎呀，哎呀！那条混种狗发出的惨叫，你在木炭山上都能听得清清楚楚！"

"确实如此，"兔爸爸赞同道，"我听见了。那天下午，我正在木炭山看望我的女儿黑兹尔，极为清晰地听见了那些惨叫声——感到莫大的快慰。"

"后来女主人做了什么呢？"波基继续说道，"哎呀，她只是掸了掸手上的土，那么平静地看着我，咧嘴笑着，说道：'傻瓜，你为什么不睁大眼睛呢？'然后就回花园里干活去了。我从来没有在六月禾的地区生活过，对那些贵族啊、上流社会啊之类的一无所知，但我的观点是——你们有谁不同意吗——"他跺了跺脚，挑衅地瞪着周围那一小圈朋友——"我的观点是，能举起那样一块石头的才是贵妇人！"

后来，针对波基的地洞，又有过一番轻微的争吵。也许在人类看来是轻微的，但是对动物们来说，这件事的意义至关重要。

路易·柯斯道克正在重砌波基地洞所在的那段石墙。砌到地洞口时，男主人说："这段墙就别重砌了，柯斯道克先生，下面住着一只土拨鼠，我们可别打扰了他。"

"不砌了？"路易惊讶地叫了起来，"哎呀，您可不能让那只土拨鼠住在这儿。他会把您的园子都毁了的。我刚才正琢磨着明天就把我的枪带来，给他来一枪呢。"

"不行，不能开枪。"男人坚决地说。

"我可以给他安个捕兽夹。"路易提议。

"不行，不能安捕兽夹。"女主人同样坚

决地说。

路易迷惑地挠着头皮。"那是，说到底这是你们的地盘，既然你们愿意这样，那么好吧，"他说，"可是看上去会很滑稽（huá jī），一堵新修的围墙正中间，戳着这一截破破烂烂、摇摇晃晃的旧石墙。"

"哦，我认为不会有问题。"男主人大笑着说，然后他们继续往前走去。

路易还在那儿挠着头皮，蒂姆·麦格拉斯溜溜达达地走了过来。"我跟你怎么说的，读书太多的人就是有毛病。"蒂姆说道，"变得古里古怪的，就是这么回事。你瞧眼前的这家人，心眼儿好，说话和气，简直没的挑——就是古怪。就在昨天，我对他们说，得想个法子把那些鼹鼠清除掉。说我可以带两个捕兽夹过来，安在地里，结果女主人立马说道：'不行，

不能安捕兽夹。'跟刚才对你说话的口气一样。我又说可以弄一些上好的毒药，撒在地里，结果男主人说，'不行，不能撒毒药。'

"'那么，老天在上，'我说，'有这些鼹鼠在这里乱拱乱翻，我怎么可能给你们弄出一片像样的草坪呢？'你猜他听了说什么？'哦，只需不断把土压平，'他说，'只需不断把土压平，他们就会泄气了。'泄气，你听听！"蒂姆哼了一下鼻子，"他说是从书里看来的。"

"还有，就在今天早晨，"蒂姆继续说道，"我跟他们说，应该在园子周围修一圈栅栏。'哎呀，如果不修栅栏，'我说，'这儿根本不可能有园子存在。这个山坡上有数不清的动物：兔子、土拨鼠、浣熊、鹿、野鸡、臭鼬，等等。'你猜女主人听了这话怎么说？"

"想象不出来。"路易回答。

"你肯定想象不出来。"蒂姆说,"'我们喜欢他们,'她说,'他们多漂亮啊。'她说。漂亮,你听听! '而且他们肯定也会饿的。'她说。

"'您说得对,夫人,'我说,'他们确实都会饿,'我说,'等那些蔬菜长出来时,您就会痛苦地发现这一点了。'

"这时男主人插进来说道:'哦,我想,我们会跟他们相处得很好,'他说,'我认为到时候咱们大家都够吃——'咱们,你听听! '所以我们才把园子设计得这么大。'他说。"

蒂姆难过地摇摇头:"看着真可惜啊,挺好的人,说话也很和气——但就是古怪。有人可能会说脑子不正常。我估计都是看书太多了闹的。爷爷说得对啊。他过去常说,'看书毁脑子。'"

路易拿起自己的锤子，把一块石头整整齐齐砸成两半。"不过真是好人啊，"他说，"看着太可惜了。"

每天晚上，田鼠威利都被派去观察那些新人，当然啦，不是粗暴无礼地刺探（cì tàn），只是小动物们都非常好奇，渴望了解兔子坡的规划，这也很正常，毕竟，这是他们的山坡呀。

客厅窗户根儿旁边有一个接雨水的桶，威利爬到这个桶的顶上，就能跳上窗台。虽然夜晚还有几分凉意，壁炉里噼噼啪啪地燃着火，但窗户通常微微开着一道缝。威利坐在窗台上一处黑暗的阴影里，就能安全地观察到那家人，倾听他们对园子的规划。这天晚上，他们身边堆满了产品目录，正在列出他们挑选的种子和植物。

威利花了很大的劲儿，努力把这些都记下来，此刻正在向大家汇报。兔妈妈、兔爸爸、安纳达舅舅、唷喂、波基，还有几位坐在兔子洞外面，听得非常认真。

"有小萝卜，"威利一边扳着爪子数，一边背诵道，"胡萝卜、豌豆、蚕豆、金鱼草、利马豆和莴苣……"

"野豌豆莴苣汤。"兔妈妈高兴地叹着气说。

"玉米、菠菜、紫甘蓝、白萝卜、大头菜和西兰花……"

"我对那些洋玩意儿不感兴趣。"安纳达舅舅嘟囔道，可是兔妈妈止住了他。威利继续汇报："芹菜、土豆、西红柿、辣椒、卷心菜——紫的和绿的——花椰菜，覆盆子——黑的和红的——草莓、甜瓜、芦笋——我只能想起这么多了——噢，对了，还有黄瓜和南瓜。"

威利汇报完了，长长地吸了口气，周围响起一阵兴奋而喜悦的叽叽喳喳。不一会儿，谈话变成了一系列争吵，争的是哪个家庭应该得到哪种蔬菜，这时兔爸爸站起身，让大家注意听他说话，全场便安静下来。

　　"你们都知道，"他语气坚决地说，"兔子坡一直有个传统，所有这类问题都在分配之夜解决，我相信今年是在五月二十六号。那天晚上，我们会按照惯例，在园子里集合，给每个动物及其家庭分配符合规则和各自口味

的蔬菜。"

　　"那么我呢？"安纳达舅舅问道，"我只是在这儿做客的。"

　　"作为我们家的客人，"兔爸爸回答，"你当然会按照惯例得到一份配额（pèi é）。"

　　"这还差不多。"安纳达舅舅说。

第8章

威利的倒霉之夜

正是六月禾，差点儿给田鼠威利带来了灭顶之灾。当时他正像往常一样，观察着那家人，听他们说话。那天晚上，他们完成了对园子的规划，开始谈论草种的事。威利对这个话题并不特别感兴趣，只是似听非听，突然，一个熟悉的词传到他耳朵里，他顿时精神一振。

"这本书，"只听男主人说道，"推荐了一种混合种植法，包括红顶草、白三叶草和肯塔基六月禾。"

六月禾！肯塔基六月禾！兔爸爸听了该多高兴啊！必须立刻告诉他！

威利太兴奋了，匆忙中出现了一个不可原谅的疏忽（shū hu）。他应该记得，那个接雨的水桶上的盖子是破旧、腐烂（fǔ làn）的，上面还有几个危险的窟窿。可是他忘记了，他从窗台往下一跳，不偏不倚，正好落进了一个窟窿。掉下去时他拼命地抓挠，可是糟朽的木头盖子被他一抓就碎了，随着一阵令人眩晕（xuàn yùn）的冲击，他落进了冰冷的水中。

他喘着气浮上来。寒冷似乎把他肺里的空气都逼走了，但他总算尖着嗓子喊了一声救命，紧接着就又被水淹没了。再次浮上来时他已经非常虚弱了。他有气无力地挣扎着，朝桶边游去，可是桶壁布满青苔，滑腻（nì）腻的，他的爪子麻木得使不上劲儿。他微弱地又叫了一声——怎么没有人来救他呢？兔爸爸、小乔治或者唷喂？他最后一次被水淹没时，模模糊糊地意识到一阵响动，还有一道耀眼的亮光。随即，亮光熄灭，他眼前一片漆黑。

过了很长时间，他也不知道到底有多久，威利的眼睛扑闪着睁开了。他隐约意识到自己的身体还是湿的，并且无法控制地一阵阵打着哆嗦，他似乎躺在一堆网状的、又白又软、非常舒服的东西里，能看见火红色的火苗在

跳跃，还能感受到温馨的暖意。然后他又闭上了眼睛。

后来他再次睁开眼睛时，看见那些人把脸俯向他的小床。这么近距离地看见他们，实在有些吓人。他们看上去太大了，简直像噩梦里的形象。威利使劲往柔软的棉花里钻，突然，鼻子闻到了热牛奶的香味。有人把一个药用滴管举到他的面前。牛奶里还混了别的东西，那东西像一股暖流涌遍他的全身。他顿时觉得有了力气，继续吸着滴管，把里面的牛奶全吸光了。啊，感觉好多了！小肚子鼓鼓的，装满了热乎乎的、令人安心的食物。他眼皮慢慢耷拉下来，又睡着了。

威利没有回到兔子洞向大家汇报，这让等在那儿的动物们感到惊慌失措。兔爸爸和安纳达舅舅立刻组织了一支搜查队，却怎么也找不到威利的任何踪迹。

唷喂一直在享受车库垃圾桶带给他的自由，他报告说曾经听见一声老鼠的惊叫，还看见人们拿着手电筒从房子里出来，在接雨水的桶边忙活了一阵。忙活什么呢，他不知道。

威利的大表哥爬到那个窗台上，却发现窗户关着。灰松鼠被叫醒了，奉命到屋顶上去调查。他在楼上的每个窗口都听了听，没有发现什么异常动静。

"准是那只该死的老猫，"安纳达舅舅嚷嚷道，"那个偷偷摸摸、诡计多端、装腔作势的坏蛋，装出一副年老无害的样子。我真后悔没有像计划的那样照他脸上踢一脚。"

波基则情愿去怪罪蒂姆·麦格拉斯。"都怪他和他的捕兽夹。"他争辩道，"他总是念叨捕兽夹，还有毒药。很可能劝说那些人安了个捕兽夹，专门针对威利的。"

兔爸爸很少说话，但是他彻夜都和安纳达舅舅、小乔治一起，像塞特犬一样在兔子坡转来转去，搜查每一寸土地、每一道围墙，在每一棵矮树和灌木丛中寻找。直到天快亮了，他们才无奈地作罢，垂头丧气地回到兔子洞。兔妈妈红着一双眼睛，不停地抽搭着鼻子，为他们准备了热气腾腾的早饭。

在所有的动物中，鼹鼠的愤怒和悲哀是最令大家动容的。他的好哥儿们、他的"眼睛"失踪了，而他却没有办法参加搜救！

"我要教训他们，"他阴沉着脸说，"我要教训他们。永远别指望有一根草能在这地方扎下根——永远！也永远别指望一个球根、一棵矮树能留得住！我要把它们统统毁掉，我要把它们连根拔起，我要挖土，我要打洞，我要把地面弄得起伏不平，我要把这里到丹伯里的所有亲戚朋友都叫来，把这地方掀个底朝天，让他们后悔——"

他狂怒地一头扎进被压得平平整整的草坪，之后便听不清他嘴里威胁的话了。整整一夜，其他动物都能听见他在嘟嘟囔囔，看见地面变得高低起伏，就像波涛汹涌的水面一样。

天刚蒙蒙亮的时候，威利又醒了。房间里冷飕飕的，但壁炉里还有余烬仍在焖烧，砖块散发出令人舒心的暖意。他悄悄地从睡觉的纸板箱里钻出来，慢慢靠近那些燃烧的煤火。浑身的肌肉僵硬酸痛，走路还有点摇摇晃晃，但除此之外，他已经感觉很好了。他烤了烤火，舒展了一下身体，觉得状态越来越好。那些热牛奶，以及加在牛奶里的什么东西，味道确实不错。真希望能再来一些。他应该赶紧回家，可是没有办法出去——门和窗都关得紧紧的。

太阳升起来了，之后他听见房子里有了脚步声。他闻到了男主人烟斗飘出的烟味儿，听见了马尔东先生轻轻的脚步声。他焦急地想寻找一个藏身之处，可是没有找到。壁炉的两边都是书架，从地板直通到天花板，情急之下，他跳到第一排书的顶上，蜷缩（quán suō）在最黑暗的角落里，就在这时门开了。

那家人进来了，立刻就去查看纸板箱。"哎哟，哎哟，他跑了。"男主人说，"肯定感觉好些了。他跑到哪儿去了呢？"

女主人没有回答。她正注视着马尔东先生，大猫懒洋洋地朝书架溜达过去。

大猫越来越近，越来越近，威利把身子

缩得小小的，尽量贴在角落里，心跳得像疯了一样。猫头看上去那么大，猫嘴张着，露出两排白色的獠牙，一双猫眼闪着黄澄澄的光。威利吓得动弹不得，只能无助地看着红色的牙床张得越来越大，越来越大。他能感觉到热乎乎的气息，里面有很浓的罐头沙丁鱼的味道。

然后马尔东先生打了个喷嚏（pēn tì）。

"他在那儿，"女主人轻声说道，"在书上，

在角落里。过来，马尔东，别去招惹那个可怜的小东西。他已经够遭罪的了。"她坐下来，大猫僵硬着身子溜达过去，跳到她腿上，趴下来开始打盹儿。男主人打开大门，也坐了下来。

过了一阵，威利才把气喘匀，心跳也恢复了正常。然后，他大着胆子，一点一点地往外蹭。没有动静，于是他开始了在房间里的漫长绕行，身子始终贴着墙根，在每件家具底下都停一停。眼看就要走到门口了，他迅速张望了一下，然后做最后的冲刺。

女主人仍然静静地坐着，用手指慢慢抚摸马尔东先生的面颊。大猫轻轻打着呼噜，那声音跟男人呼哧呼哧抽烟斗的声音有几分相似。

一阵急跑之后，威利冲到了外面的阳光里。他跑过露台，终于重获自由，感到兴奋无比，可是一看见门前的草坪，他不得不停住了脚步。原本压得平平整整的地面，现在就像碎布缝成的被单似的，布满一道又一道圆形和纵横交错的鼹鼠坎，几乎没有一块地方没被糟蹋。威利跳到离他最近的那个坎上，刨了两下土，钻进了地底下。

"鼹鼠！鼹鼠！"他一边喊着，一边在回音飘荡的地道里奔跑，"我在这儿，鼹鼠，是我——小威利。"

蒂姆·麦格拉斯双手叉腰，站在门前的草坪上，审视着他辛苦的劳动成果被毁于一旦。他面颊涨成了猪肝色，脖子似乎因为压抑的怒气而变得肿胀。

"瞧瞧！"他气急败坏地说，"好好瞧瞧吧！关于那些鼹鼠，我是怎么跟您说的？可是，不听。不让安捕兽夹，当然不让。不让撒毒药，哦，天哪，不让！现在您瞧瞧！"

男主人充满歉意地抽着烟斗。"真是一团糟啊，不是吗？"他承认道，"我想我们只能把地再压一遍了。"

蒂姆·麦格拉斯凝望着天空，轻声说道："我们只能把地再压一遍了！我们只能把地再压一遍了！哦，老天，给我力气吧。"他拖着疲倦的脚步，去拿耙子和滚压机了。

第9章

分配之夜

白天越来越长，太阳越来越高，随着日长夜短，小动物们的情绪也在高涨。园子里，一排排翠绿欲滴的蔬菜长势喜人。草坪上一片新绿，如同铺上了又厚又软的地毯，那么美丽，那么平整。鼹鼠为自己盛怒之下的大肆破坏行为感到羞愧，一直管着自己，远离草坪。每天晚上，兔爸爸都要去查看六月禾。六月禾生长速度很慢，今年不会有多大起色，但是明年夏天——哦，哎呀！波基站在自己洞口，审视着那片欣欣向荣的荞麦地，心里别提有多满足了。

在养鸡场里，数不清的小鸡仔跑来跑去，用爪子刨土，不停地叽叽叫唤，鸡妈妈咕咕叫着，嗔怪着鸡宝宝。唷喂和灰狐狸经常在傍晚时分在那里驻足，展望美好的远景，不过，唷喂对索菲洛尼亚在垃圾这件事上的慷慨非常满意，因而对活鸡的兴趣正在迅速减退。他甚至还劝说狐狸品尝一下索菲洛尼亚的厨艺。狐狸起初对这个想法嗤（chī）之以鼻，说他更喜欢吃新鲜的活鸡，可是尝了一块索菲洛尼亚做的南方炸鸡之后，他完全改变了立场，现在经常跟唷喂一起享用午夜的盛宴（shèng yàn）。

每天傍晚，动物们都去园子里查看。一排排蔬菜尽头的棍子上贴着种子的包装袋，动物们仔细端详那些五颜六色的图画，不时发出"啊""噢"的惊叹。当然啦，小乔治需要把它们念给安纳达舅爷爷听，因为他总是忘记把眼镜放在哪儿了。

每个动物都记录下自己家的口味和需求，以及可以得到的蔬菜的地段，为分配之夜做好准备。

那个盼了好久的日子终于到来了，分配进行得很顺利，不像往年有那么多的纷争，因

为园子这么大，大家都管够，就连那些最挑剔（tiāo ti）的也会感到满意。

这是一个月光明亮的夜晚，兔子坡的动物们都聚集在一起，提出自己的请求。唷喂和灰狐狸当评判员，因为他们不吃蔬菜，可以做出公正无私的裁决。不用说，讲话的任务大部分都是由兔爸爸完成。

一个问题被提了出来，是以前的分配之

夜从未有过的。田鼠威利和他的亲属，为了感谢人们把威利从雨水桶里救出来，提议在园子里留出一小块地，专门给这户人家。兔妈妈热烈地表示支持，因为车道上的那块牌子令她非常感动。现场激烈争吵了一番，但波基似乎代表了大多数动物的意见，他说："让他们跟我们一样碰运气吧。人并没有尊重我们的要求，我们凭什么要给他们特权呢？那样不民主。"

于是，这项提议就被否决了。

在场的有些动物认为，安纳达舅舅的要求似乎有点过分。他毕竟并不是兔子坡的固定居民，然而他是兔爸爸和兔妈妈的客人，而他们都那么德高望重，所以大家没有公开表示不满，只是少数动物用爪子挡着嘴，愤愤不平地嘀咕了几句。

总的来说，会议开得气氛愉快，有条不紊，跟前些年的几次开会完全不一样，当时的那家人食物匮乏，园子经营不善，引发了动物们之间的许多争吵。

兔爸爸在致闭幕词时说出了这个想法，"看来我们有幸遇到了最慷慨、最仁慈、最有教养的人。他们目前的耕种，确保了我们将会获得这么多年来最喜人的果蔬大丰收。因此，我希望无须再提醒你们中间的任何人，必须严格遵守兔子坡历来遵守的那些规则和规定。

"每个动物分配到的食材，只能供其自己及家人享用，任何人若想染指他人财物，必将受到严惩。

"万一那家人从某个动物的领地取走过多的蔬菜，我们救济董事会将会额外给他分配一块地。

"最后，在仲夏夜之前，什么都不许碰。这条规矩（guī ju）至关重要，长期的经验告诉我们，菜蔬尚未成熟就提前摘取，只会给大家带来艰难困苦。我们要允许它们慢慢成熟，到时候大家都会得到更充足的食物。我希望你们都能表现出耐心和克制，这是我们兔子坡长期引以为傲的美德，若有违反，我们负责监督这些规定实施的人，将会采取惩戒措施。也许我还应该提醒一下你，波基，还有你，狐狐，这个禁令不仅适用于蔬菜，也适用于荞麦和鸡鸭。"

"我没问题，"唷喂大声说道，"垃圾是没有禁用期的。走吧，狐狐，今天晚上吃炸鸡。我提议休会吧。"

散会了，动物们都慢慢走回家去，心里十分满足。一群小家伙唱起：快乐时光又回来了。当然啦，到仲夏夜还要等待很久，可是田野现在一片碧绿，天然的食物取之不尽，而且园子肯定会迎来一场真正的大丰收。主妇们都在筹划着做腌菜、做罐头了。兔妈妈提出要建一个她渴望已久的新储藏室。安纳达舅舅可以帮着挖掘，小乔治现在用工具已经得心应手，可以负责做搁架。此时，小乔治被派到十字路口胖男人那里，去买上午购物时忘了的几样东西，兔妈妈坐在洞口，继

续为自己的储藏室勾画蓝图。

突然，令人恐怖的声音划破夜空，使所有兔子坡居民的心里掠过一阵可怕的寒意——尖厉刺耳的长长的刹车声，轮胎粗嘎的摩擦声。瞬间的沉寂，似乎一切都凝固了，随即黑马路上传来一个男人的咒骂，马达再次轰响，一辆汽车重新上路。

兔妈妈惊叫一声——"小乔治！"——便瘫倒在地，兔爸爸和安纳达舅舅飞身冲向马路。他们听见灌木丛沙沙作响，红公鹿横冲直撞地跑下山来，还听见波基在呼哧呼哧地狂奔，田鼠们匆匆跑来，发出一些细碎的声音。

他们速度都很快，但是那家人比他们更快。兔爸爸可以听见砾石车道上传来他们奔跑的脚步声，还看见一个手电筒射出蓝白色的光。

动物们聚集在灌木丛中，探头窥望那条可怕的黑马路，那家人俯身看着一个毫无生气的小身影。他们听见男主人说道："给，拿着手电筒。"只见他脱掉身上的大衣，铺在地上，说，"你看看，你看看。"然后，他跪在地上，轻轻地把什么东西包在大衣里。他们看着他小心翼翼地抱着那个包裹（bāo guǒ），走上了车道。他们看见了女主人的脸，在月光下显得苍白而扭曲，他们还听见她说了贵妇人不该说的话。

第 10 章

阴云笼罩兔子坡

　　兔子坡一片愁云惨雾（cǎn wù），气氛悲哀（bēi āi），因为在所有年幼的动物中，小乔治是最讨人喜欢的。他的欢快天性，他的青春活力，总是让大人们的日子变得阳光明媚。而且他一向那么乐于助人，对兔妈妈来说是不可多得的好帮手。在兔爸爸那儿，小乔治是一个聪明的学生，一个志同道合的打猎伙伴。他们一起跑过那么远的路，那么多次跟那些笨狗斗智斗勇，用计谋战胜他们。如今，所有这一切都涌上可怜的兔爸爸心头，令他痛不欲生，几乎被悲伤压垮。

兔妈妈卧床不起，他们的女儿黑兹尔从木炭山被叫过来料理家务。她不太擅长厨艺，而且把她的三个小家伙也带了来。他们整天叽叽喳喳地胡闹，安纳达舅舅都快被逼疯了，能躲就躲，尽量不在兔子洞里待着，闷闷不乐地跟唷喂、波基或红公鹿长时间耗在一起。

"他跑得真快啊，"公鹿难过地说，"跑得真快啊。有许多次他跟我一直跑到韦斯顿，不是去办事，就为了好玩儿。早饭前就能跑一个来回，而且他可真年轻啊。有时候我问：'你累不累，乔治？'他只是哈哈大笑：'累？'他说，'这只是在热身'——说着就跑远了。有时候我得拼着老命才能追上他。"

"他跳远也很厉害，"安纳达舅舅说，"从

亡灵小溪上一跃而过。我亲眼看见了那地点——整整十八英尺，一寸都不差。从来没有哪只兔子做过那样的事。以后也不会有。"

波基摇摇头，"而且他性情那么快活，总是笑啊、唱啊。怎么会这样！"

"那些该死的汽车，"安纳达舅舅气冲冲地说，"我要教训它们！我要给它们点厉害瞧瞧。等哪天晚上下大雨，那条该死的黑马路上变得又湿又滑。我就躲在兔子坡脚下的那个弯道那儿，等他们轰隆轰隆开过来时，我冲过去从他们前面跑过。那会让他们清醒清醒！你会看到他们猛踩刹车，车轮吱扭吱扭，一个劲儿打滑，然后砰地撞上那道石墙。

"我年轻的时候，经常在丹伯里这么干，就是为了较劲儿。在那个山上，我弄毁了四辆车，其中三辆面目全非。如今老喽，不中用了。"他无奈地叹了口气，"腿脚不够灵活。他们肯定会撞到我的。"

他们满腹哀愁，默默地坐着，松树林的影子慢慢滑下兔子坡，最后，落日把荞麦田变成了一块亮闪闪的绿金色地毯。"他总是这个时候跑过来，"波基说，"总是大声喊：'晚上好，波基先生。'他多懂礼貌啊。总是叫我'先生'。怎么会这样！"

虽然仲夏夜越来越近了，但悲哀仍然笼

罩在大家心头。动物们只是兴致索然地注视着园子里的变化。毛茸茸的胡萝卜缨子，卷须饱满的嫩豌豆，刚出头的小莴苣，绿宝石般的卷心菜，一排排茁壮的蚕豆——换了以前，他们肯定会看在眼里喜在心头，可是现在似乎谁都不怎么在意了。

对兔爸爸来说，即将到来的仲夏夜只会带来痛苦，而不是喜悦，因为他和兔妈妈本来打算今年办一个小小的庆祝会，在储藏室装满食物之后办一桌丰收宴。把所有的邻居都请来，宴席上会有野豌豆莴苣汤，家里还埋藏着几小瓶接骨木花酒。大家可以做游戏，唱歌，说说笑笑，感觉就像回到了昔日的好光景——本来应该是这样的。

新储藏室没有造好。兔爸爸和安

纳达舅舅都没了这份心情——小乔治原本是
要做搁架的。兔妈妈根本没心思筹划做腌菜
和罐头。她最近才刚刚能够起床坐在她的摇
椅上。

暮色中，兔爸爸坐在兔子洞外。那几个
小家伙叽叽喳喳吵个不停，家里简直没法待。
黑兹尔粗手笨脚洗盘子的声音也很吵人。近
旁，安纳达舅舅一阵一阵地打盹儿。

突然，兔爸爸意识到一小群人匆匆往山
下赶来。他能听见田鼠威利兴奋的说话声，还
有他表兄弟们的尖叫声。兔爸爸看见唷喂黑
白相间的醒目的身影，分辨出波基步履蹒跚(bù
lǚ pán shān) 的大块头。他们靠近兔子洞时，
威利甩开其他人，飞快地朝他们跑来，声音
因为兴奋而变得尖利。

"我看见他了！"他激动地喊道，"我看见

他了！安纳达舅舅，快醒醒，我看见他了——
我看见小乔治了！"

场面顿时一片混乱。黑兹尔冲到洞口，两
只手都滴着洗碗水，她的三个小家伙嚷嚷得比
任何时候都厉害。田鼠们疯了似的叽叽喳喳吵
成一片。兔妈妈踉跄着离开摇椅，安纳达舅舅
从他的椅子上倒栽了过去。"快让那些小讨厌
鬼闭嘴，"他一边吼着，一边挣扎着爬起身，"怎
么可能——"大家七嘴八舌的，都扯着嗓子提
问。

唷喂用前爪使劲跺跺地面。"安静！"他
喊道。羽毛般的尾巴微微弓起。"谁再先说一
句话，我就——"大家立刻安静下来，因为
唷喂的威胁可不是说着玩的。"好了，威利，"
他轻声道，"你继续说吧。"

"是这样的，"威利气喘吁吁地说，

"我当时正在窗台上——雨水桶有了一个新盖子，我想试一试，发现果然很结实——我当时正在窗台上，往里面看，我看见——我看见了小乔治！他躺在女主人的腿上，就躺在她腿上，而且——"

"那只该死的老猫呢？"安纳达舅舅插嘴问道，"他在什么地方？"

"他也在，他也在那儿呢，而且——他在用舌头给小乔治洗脸！"

听了这话，大家都觉得不可思议，又开始叽叽喳喳，唁喂不得不再一次弓起了尾巴。

"真的在洗脸，真的，"威利继续说道，"连耳朵什么的都洗了。乔治好像很喜欢，有一次还把脑袋低下去，马尔东先生，就是那只猫，你们知道，他还帮乔治挠了挠脖子后面。"

"可能是抓跳蚤。"安纳达舅舅说。

"这就是我看到的，我琢磨着应该让你们知道，就赶紧过来了——就是这样。"

"那么他——看上去——还好吧？"兔妈妈问，气都喘不匀了。

威利迟疑了一下。"怎么说呢——他看上去——嗯，他的后腿，那两条起跳的腿，像是被绑起来了，像是——用小棍子之类的，还有绷带。"

"他能走路吗？"兔爸爸焦急地问。

"嗯，我也不太清楚，先生。要知道，他是躺在她的腿上，女主人的腿上——嗯，我也说不好——但他好像感到很舒服、很开心。"

"谢谢你，威利。"兔爸爸说，"你是个好孩子，观察能力强，爱思考。听了你带来的消息，我们欣喜若狂，十分感激。我们会怀着极为热切的心情，盼望你能够发现更多的情况。"

　　大家感到无比的欣慰和喜悦，提问、推测，一时间议论纷纷。喜讯很快传遍了整个兔子坡，笼罩在这儿的阴霾，就像晨雾一样开始散去。

　　邻居们都上门来表示祝贺。当然啦，兔妈妈仍然忧心忡忡，但是，她那双从那个可怕

夜晚之后一直暗淡无光的眼睛，现在又有了神采。波基——老波基，又腼腆，又孤僻，在社交聚会上总是很不自在——笨拙地、摇摇摆摆地走过来，伸出一只骨节粗大、布满泥巴的爪子。"夫人，"波基粗声粗气地说，"夫人，我——嗯——呃——咋说来着。"然后就匆匆走开了，兔妈妈的眼睛里顿时噙满泪水。

第 11 章
紧张和冲突

　　第二天一大早，兔爸爸和安纳达舅舅就开始建造新储藏室了。笼罩在兔子坡上空的死气沉沉的气氛一扫而光。兔妈妈欢快地忙里忙外，干着家务，偶尔还哼一两节小乔治的那首歌。黑兹尔和她那三个吵闹不休的小家伙被打发回家了，兔妈妈和兔爸爸对他们千恩万谢，安纳达舅舅则难以抑制（yì zhì）内心的喜悦。"现在我大概可以时不时地休息一会儿了，简直把耳朵都要吵聋了。"他一边嘟囔着，一边忙碌地刨着地。

日子一天天过去，储藏室逐渐有了模样，只有一个担心影响着大家快乐的情绪。田鼠威利再也没有看见过小乔治。

每天夜里，他都尽心尽职地爬上那个雨水桶，往客厅里张望，可是那家人如今在楼上也有了一间客厅，晚上似乎多半都待在那儿。所有的动物都睁大眼睛，竖起耳朵，但谁都没有看见或听见小乔治的任何蛛丝马迹。

他还在那家，这点他们可以肯定，因为每天早晨，女主人都要摘一篮子沾着露珠的三叶草、萝卜缨、莴苣嫩叶或嫩豌豆。看到她摘那么多，大家判断乔治不仅还在他们家，而且胃口很棒。

日子过了一天又一天，一星期又一星期，还是没有半点消息。仲

夏夜已经离得不远了，日益堆积的焦虑 (jiāo lù)，使大家的情绪一触即发。对于兔爸爸和安纳达舅舅来说，木匠活儿干得不顺手，更加剧了他们烦躁的心情。储藏室的搁架 (gē jià)，小乔治不费吹灰之力就能做好，他们却耗费了无数个日子，还三番五次砸到自己的爪子。搁物架终于做好，却是歪歪扭扭，摇摇晃晃，看上去跟他们付出的痛苦和辛劳根本不相配。

安纳达舅舅连着四次砸到自己的大拇指，一气之下，扔掉锤子，去找波基了。烦躁 (fán zào) 和担忧，让一种不祥的疑虑逐渐在他心里生了根，这会儿他把自己的怀疑说了出来。

"知道吗，"他说，"我可不相信这些新来的人，压根儿不信。我真为小乔治担心啊。你知道我是怎么想的吗？我琢磨着他们是把他

当人质啦，准是这么回事儿。你就记住我的话吧，到了仲夏夜，只要有谁敢碰一下他们那些该死的蔬菜，他们就会折磨小乔治，准是这么回事儿——或者干脆结果他的小命。

　　"说不定现在他们就在折磨他了，"他阴沉着脸继续说道，"折磨他，捉弄他，套他的话，逼他说出我们所有的情况，我们的地洞在哪儿之类的，然后他们就能撒毒药、安捕兽夹、布置（bù zhì）弹簧枪了。威利说的乔治腿上绑的棍子是怎么回事？没准儿就是一种折磨人的机器。没错，我不相信他们。也不相信那只该死的老猫。我早晚要给他脸上来一脚。"

安纳达舅舅对小乔治遭毒手的怀疑，在动物们中间迅速传开，不久就引起了激烈的争论。兔妈妈、兔爸爸和红公鹿不肯相信新来的人会做出这么歹毒的事，灰狐狸和唷喂也这么认为，他们都觉得，能扔出这么丰盛垃圾的人，肯定在各方面都是仁慈善良的。

可是许多动物都选择跟安纳达舅舅站在一边。辩论和争吵变得越来越频繁了。像往常一样，许多离奇的、恶意的谣言开始流传。说看到那家人的客厅半夜三更还亮着灯。说听到了各种奇怪的声音。整天谎话连篇的负鼠，一口咬定听见了小乔治痛苦的惨叫声。

　　更糟糕的是，雨来了。一天接一天，黑压压的乌云从东边飘来，从山谷上空翻滚而过，带来没完没了的阵雨。寒冷的东北风刮来，雾气和潮气渗进了结构最坚固的地洞。墙上出现了霉斑和菌类，洞顶开始漏雨，烟囱开始漏（lòu）烟。被困在家里的动物们打着哆嗦，蜷缩在炉火边。这样的天气对园子有好处，却很影响大家的心情。

　　每天，兔爸爸踩着泥浆，冒着细雨，在兔子坡上到处探听小乔治的消息，回来时像

落汤鸡一样，浑身沾满泥浆，情绪忧郁。安纳达舅舅整天都缩在炉火旁，抽着他那臭气熏天的烟斗，嘟囔着一些毫无根据的不祥预感。可想而知，他们最后总会吵起来，说几句互相伤害的话。兔妈妈哭个不停，像天上的乌云阵阵飘过，安纳达舅舅气冲冲地走出兔子洞，跑去跟波基住在了一起。他在那里成了叛乱因素的主谋，每天大部分时间都在给怀疑和仇恨的情绪煽风点火。

　　就连波基也不得不承认，安纳达舅舅似乎有点儿"疯疯癫（diān）癫"，可是一些没有头脑的动物对那些荒唐的怀疑全盘接受，情绪越来越激烈。有些性子比较暴躁的，甚至建议把兔子坡的规矩扔到一边，不等仲夏夜到来，现在就去把园子、草坪、荞麦田和花圃全部捣毁（dǎo huǐ），把小鸡、小鸭、公鸡母鸡统统杀死，一只不留。

在一次特别激烈的会议上，兔爸爸动用了他所有的口才，红公鹿动用了他所有的权威，劝说动物们遵守古老的规矩和传统。正好风向改变，天气由阴转晴，也多少有助于安抚大家焦躁的情绪和紧张的关系。

一段时间以来，路易·柯斯道克一直在园子尽头那儿鼓捣什么东西。那是个很漂亮的地方，圆形的小草坪，在一棵大松树的掩映下，顺坡通向下面的假山庭院。草坪上有两条石头长凳，那家人经常在温暖的傍晚坐在那儿，他们的这个习惯使动物们没法彻底查清路易的那件作品。

大家纷纷猜测那是什么东西，安纳达舅舅很快就给出了一个解释。

"他们在建一个地牢，"他嚷嚷道，"他们在给小乔治建一个地牢，就是这么回事儿。他们会把他关进牢里，关在大铁栏杆后面，让他在那里自生自灭，每次我们有谁碰一碰该死的蔬菜，他们就折磨他，打他，罚他挨饿——没准儿还会把滚油浇在他身上！"

就这样，在充斥着怀疑、恐惧和不满的激愤气氛中，仲夏夜越来越近了。这个时候，一个长长的、非常沉重的木头货箱送来了，更使得气氛紧张了。

货箱是蒂姆·麦格拉斯开卡车运来的，蒂姆、路易、男主人和几个帮工一起使劲，才把它搬下来，用滚车运到大松树下的小草坪上，路易就是在那儿鼓捣他的石头作品的。立刻，安纳达舅舅又开始散布一个新的谣言："是捕兽夹和弹簧枪，"他大声说，"箱子里准是这些玩意儿。捕兽夹、弹簧枪，说不定还有毒药和毒气。"

不管里面是什么，在一片叮叮当当的锤子声中，箱子打开了。路易和他的帮工一刻不停地又忙了一两天，男主人不时地凑过去，在那儿钻出钻进。直到仲夏夜那天下午，工程才算完成。所有的垃圾杂物都清理干净了，

那件作品被路易用一块油帆布盖着。中间有个什么东西凸起来，使油帆布看上去很像一顶帐篷，在日落的余晖中闪闪发亮。

波基和安纳达舅舅在山腰上，隔着一段安全的距离，怀疑地打量着它。

"是绞刑架，"安纳达舅舅压低声音，用阴森的语气宣布道，"是绞刑架，准是这么回事儿，他们要把可怜的小乔治放在上面吊死。"

第 12 章

世间万物皆富足

太阳落山了，西天金灿灿的晚霞慢慢淡去，变成一种清冷的淡绿色。金星低低地悬在松树林上空，放出璀璨的光芒，起初是孤零零的，但是随着夜色加深，一些小星星开始出现了。新月像一柄银色的镰 (lián) 刀，在高高的夜空中飘移。

夜色越来越浓，整个兔子坡有了轻微的躁 (zào) 动，许多小身影穿过草丛的沙沙声，无数双小脚丫的快速奔走声，他们都在往园子里赶去，因为这是仲夏夜，小动物们要集合啦。

在那片圆形的小草坪边缘，那家人默默地坐着。大松树投下黑黢黢的暗影。只能模模糊糊地看见石头长凳的白色轮廓，男主人的烟斗有规律地一明一灭，以及那块像帐篷一样的灰色油帆布。帆布顶部在月亮的清辉下闪烁，如同一座灯塔，它也像灯塔一样召唤着所有的动物，因为他们没有在园子里集合，而是纷纷往那个圆形的小草坪聚拢（jù lǒng）。他们慢慢地，悄没声儿地，一步一停地，在高高的青草和灌木丛的阴影间移动，最后空地的周围聚满了无数个紧张的小动物，他们在等待——等待什么呢，他们也不知道。

月光更加明亮了，小草坪就像一座亮着灯光的小舞台。他们分辨出女主人一动不动地坐在长凳上，旁边是马尔东先生正在打瞌睡的身影。四下里静悄悄的，能听见大猫呼哧呼哧的喘息声。

突然，这份寂静被安纳达舅舅嘶哑的喊叫声粗暴打断。他摇摇晃晃地走进空地，深陷的眼睛瞪得大大的，两只耳朵以某种疯癫（fēng diān）的角度支棱（zhī leng）着。

"他在哪儿？"他嘶哑着嗓子，激动地说，"他在哪儿？那只该死的老猫在哪儿？让我来对付他！绝不能让他们把我们的小乔治吊死！"

兔妈妈从阴影里冲出去，喊道："安纳达，回来！哦，有谁赶紧把他拦住，把他拦住！"

女主人的腿上突然有了动静，接着，小乔治的声音突然响了起来，那么清晰，那么快乐。"妈妈。"他喊道。一个小身影跳到地上，飞快地跑过空地，"妈妈，爸爸！是我，小乔治，我身体都好了——看我——看——"

在皎洁的月光下，他在草坪上欢腾跳跃，转着圈儿，忽左忽右，跳上跳下。他高高地跃过安纳达舅爷爷，然后连翻了两个跟头。他跳到长凳上，顽皮地踢了踢马尔东先生的肚子。老猫懒洋洋地揽住他的腰，他们开心地玩起了摔跤，最后扑通一声落在草地上。马尔东想起自己的年纪和身份，又爬回到长凳上，发出呼噜呼噜的声音，如同远处的一座磨粉厂。

小动物们高兴地叽叽喳喳议论开了，但就在这时，男主人默默地站起身，朝油帆布走去，他们立刻便安静下来。男主人果断地解开钩子，掀开了油帆布。在接下来的沉寂中，几乎可以感觉到一百个小动物屏住呼吸，然后敬畏地发出一片叹息。

鼹鼠一把抓住田鼠威利的胳膊肘。"威利，那是什么？"他轻声问，"那是什么？威利，做我的眼睛。"

威利激动得喘不过气来，声音压得很低。"哦，鼹鼠，"他说，"哦，鼹鼠，太漂亮了。是他，鼹鼠，是他——是那位圣人！"

"他——阿西西？"鼹鼠问。

"是的，鼹鼠，我们的圣人。善良的阿西西圣人圣弗兰西斯——自古以来一直爱着和保护着我们小动物——哦，鼹鼠，太漂亮了！是石头雕刻的，鼹鼠，他的脸那么仁慈、那么忧伤。他穿着长袍，已经很破旧了，你可以看见上面的补丁。

"他的脚边簇拥（cù yōng）着许多小动物。那些动物就是我们，鼹

鼠,都是石头雕刻 (diāo kè) 的。有你,有我,
有所有的鸟,还有小乔治、波基和狐狐——
甚至还有老笨笨和跳蛤蟆呢。圣人的双手举
在面前,就好像是在——就好像是在祈福。
水从他的双手间落下来,鼹鼠,干净、清凉
的水。落进他面前的一个池子里。”

“我能听见水声,”鼹鼠轻声说,“还能闻
到清澈的池水,感受到它的清凉。接着说,威
利,做我的眼睛。”

“这是一池可以饮用的清水,鼹鼠,边缘
的地方很浅,鸟可以在里面洗澡。还有,哦,
鼹鼠,池子周围都是宽宽的大石板,构成一圈
边沿,有点类似于搁板,上面摆满了吃的东西,
简直像一场盛宴。石板上还刻着字母,刻着
一句话,鼹鼠。”

“那句话说的是什么,威利?”

威利慢慢地、仔仔细细地把它拼读出来。"说的是——世间——万物——皆——富足。世间万物皆富足，鼹鼠。真是这样啊。

"有给我们的谷物——玉米、大麦和黑麦，有给红公鹿的大盐糕，还有蔬菜，园子里长的各种各样的蔬菜，都是新鲜的，洗得干干净净，没有一点泥土，还有三叶草、六月禾和荞麦。甚至还有给松鼠和金花鼠的坚果呢——他们这会儿已经开始痛快地吃了，鼹鼠，如果你不介意——希望你能原谅——我也想加入进去了。"

威利找到了他的那些表兄弟，他们简直是在谷子堆里打滚儿。近旁，安纳达舅舅看上去有点儿晕头晕脑，一口三叶草，一口胡萝卜，吃得正欢。波基正铁了心地对付一堆荞麦，没有意识到一根荞麦枝正挂在他的一只耳朵上，使他显得格外俏皮。

一时间，啃咬声、咀嚼声、吞咽声响成一片。那家人默默地坐着，男主人的烟斗慢慢地、有规律地一明一灭，女主人轻轻抚摸着马尔东先生的面颊。红公鹿舔(tiǎn)着盐糕，后来嘴角泛起厚厚的泡沫，从池子里痛饮了许多清水，然后扬起脑袋，高声地打着响鼻。大家终于吃饱喝足，威利把他的皮带松开一两个洞眼，毛茸茸的小肚皮似乎突然之间鼓胀了许多。

红公鹿开始迈着缓慢而高雅的步子，绕着园子行走。母鹿和小鹿跟在他的身后。其他动物也都顺从地纷纷排成了队。唥喂和灰狐狸并排走来，后面是步履蹒跚的波基和安纳达舅舅；兔妈妈和兔爸爸，小乔治走在他们中间，胳膊搂着他们的脖子；野鸡和他的妻子，迈着一跳一跳的小碎步，羽毛在月光下闪着青铜色和金色的光泽。再后面是田鼠部落，浣熊和负鼠，金花鼠和松鼠，有灰色的，也有红色的。在他们旁边，在园子的边缘，泥土在颤抖、隆起，揭示了鼹鼠和他三个彪悍兄弟的动向。

这支队伍缓慢而庄严地绕园子走了一圈，最后回到了圣人矗立的那片小草坪。红公鹿又打了个响鼻，大家都竖起耳朵，听他说话。

"我们吃了你们的食物，"他的声音响亮、威严，"我们品尝你们的盐巴，喝了你们的水，一切都很好。"他朝园子方向扬起高傲的头颅，"从今往后，这里就是禁区。"他用刻刀一般锋利的蹄子敲敲地面，"有谁反对我的意见吗？"

没有，四下里一片静默，最后安纳达舅舅的声音突然响起。"那些该死的切根虫怎么办？"他喊道，"他们根本

不懂法律，不知道正经的规矩。"

　　鼹鼠总是比其他动物慢半拍，他胳膊肘一撑（chēng），从刚刚挖好的地道爬到地面上，把双目失明的脸转向发出声音的地方。"我们会巡逻的，"他笑微微地说，"我和我的兄弟们，换着班日夜巡逻。很有收获，上次一趟（tàng）就抓住六个。"

　　动物们继续享受盛宴时，唷喂和灰狐狸突然竖起了耳朵，因为房子后面的葡萄架那

儿传来哗啦一声。索菲洛尼亚那圆润醇厚的
声音响彻了兔子坡。"喂，臭鼬先生，"她喊道，
"快来享用吧。"他们便迫不及待地跑进了黑
暗里。

　　月亮沉落到了松树林后面，盛宴的最后一
丝痕迹也被清扫一空，肚子吃得饱饱
的小动物们开始走下山去。他们喜悦

而困倦地互相告别，回到各自的家中。兔妈妈每个胳膊上都挎了一个小购物篮。"明天早晨喝汤，"她开心地喊道，"豌豆莴苣汤，明天喝，从今往后每天都喝。"

安纳达舅舅清了清嗓子。"如果那间客房还没有人住的话，"他有点儿难为情地说道，"我可以试着再住一段时间。波基是个蛮不错的家伙，可是他那个地洞都发霉了，是啊，都发霉了，而且说到他的厨艺——"

"当然没问题，安纳达舅舅。"兔妈妈笑吟吟地说，"你的房间跟你离开时一样。我每天都给它掸灰。"

小乔治高兴地跑着转圈儿，大声对兔爸爸说："周围来新的狗了吗？"

"据我所知，古德山路那儿新来了两条塞特犬，"兔爸爸回答，"据说血统十分高贵，本事相当了得。待你再休息和康复几天，我们就去试探他们一二。"

"我随时都可以，"小乔治开心地大笑着说，"随时都可以。"他高高地跃到空中，脚后跟连碰三下，从兔爸爸、兔妈妈和安纳达舅爷爷的头顶上凌空越过，"我好着呢！"

整个夏天，每天晚上，仁慈的圣人周围的石板上都摆出盛宴，每天早晨，都被清理得干干净净。每天夜里，红公鹿、唷喂和灰狐狸都在周围巡视，提防流窜（liú cuàn）的打劫者，鼹鼠和他那些彪悍（biāo hàn）的兄弟们尽职尽责地值班巡逻。

整个夏天，兔妈妈和其他主妇做腌菜、做罐头，为冬天储存食物。兔子坡又一次有了聚会、狂欢，有了跳舞和欢声笑语。好光景又回到了兔子坡。

蒂姆·麦格拉斯审视着欣欣向荣的园子，惊讶地提高了嗓音。"路易，"他说，"我真是弄不明白。这是那些新人弄的园子，周围看不见栅栏的影子，也没有捕兽夹、没有撒毒药，什么都没有，可是一点也没被糟蹋，一点也没。也看不见一个脚印，甚至连一只切根虫都没有。我呢，我把那些玩意儿都用上了，栅栏、捕兽夹、毒药，甚至还抱着猎枪守了几夜——结果呢？我的胡萝卜全完蛋了，甜菜毁了一半，卷心菜被啃得支离破碎，西红柿被踩得乱七八糟，草坪也都被那些鼹鼠给祸害得不成样子。十字路口胖男人还养了狗，可是他的玉米连一棵站着的都没有，所有的莴苣和大半的圆萝卜都被糟蹋了。我真是弄不明白。这肯定就是'新手的好运'吧。"

　　"肯定是的,"路易赞同道,"肯定是这样——不然呢?"